독보군림

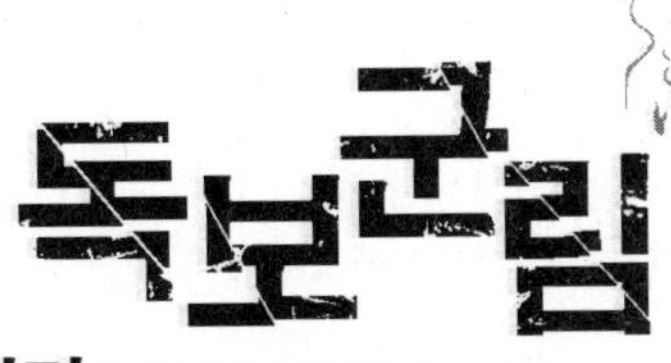

임영기 新무협 판타지 소설
FANTASTIC ORIENTAL HEROES

독보군림 8

임영기 新무협 판타지 소설

초판 1쇄 찍은 날 § 2007년 12월 20일
초판 1쇄 펴낸 날 § 2008년 1월 3일

지은이 § 임영기
펴낸이 § 서경석

편집장 § 문혜영
편집 § 최하나 · 이환진

펴낸곳 § 도서출판 청어람
등록번호 § 제1081-1-89호
등록일자 § 1999. 5. 31
어람번호 § 제2-1379호

주소 § 경기도 부천시 원미구 심곡1동 350-1 남성B/D 3F (우) 420-011
전화 § 032-656-4452 팩스 § 032-656-4453
http://www.chungeoram.com
E-mail § eoram99@chollian.net

ⓒ 임영기, 2007

ISBN 978-89-251-1092-9 04810
ISBN 978-89-251-0745-5 (세트)

임영기
新무협 판타지 소설
FANTASTIC ORIENTAL HEROES

도신구림

龍

8

상봉(相逢)

도서출판
천람

目次

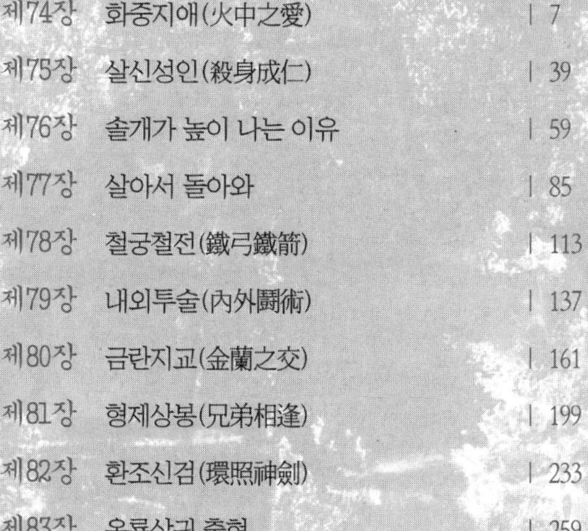

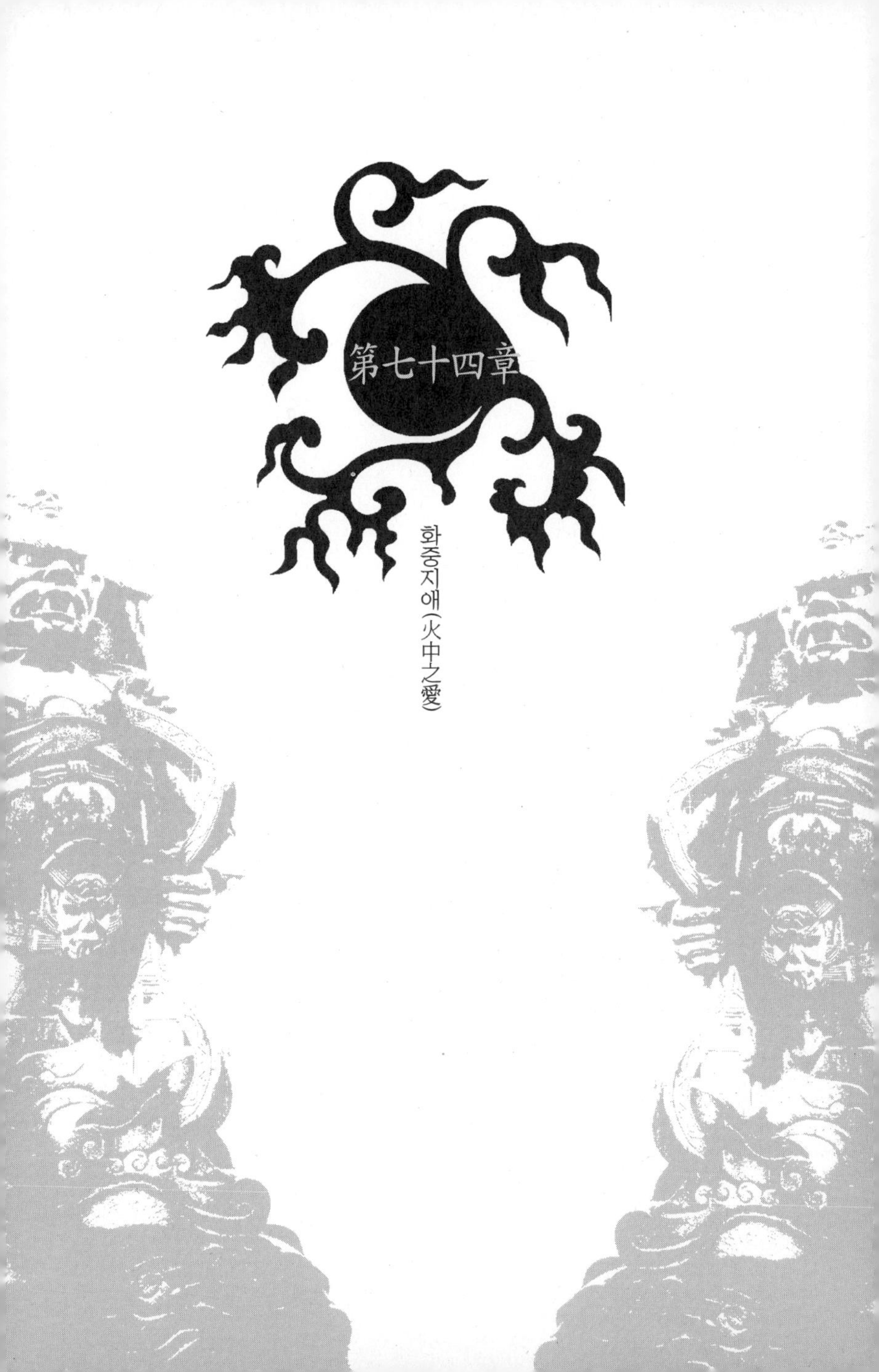

第七十四章

화중지애(火中之愛)

장도명의 심복 수하인 호신오월 중 한 명인 흑월(黑月)은 걷고 있는 중에 갑자기 등 뒤에서 흐릿한 예기(銳氣)를 느끼고 번개같이 뒤돌아보면서 본능적으로 몸을 움츠렸다.

"……."

칠흑 같은 흑의를 입고 검은 비단 띠로 상투를 질끈 동여맨, 희고 뽀얀 살결의 청년 흑월은 다음 순간 자신의 눈앞에서 벌어지고 있는 광경을 발견하고 믿을 수 없다는 표정을 얼굴 가득 떠올렸다.

삭!

찰나, 달빛처럼 차가운 한줄기 흐릿한 푸른빛이 흑월의 심장 어림에서 번뜩였고, 미풍이 옷깃을 스치는 듯한 작은 소리가 흘러나왔다.

투우…….

단지 그것뿐, 다음 순간 그의 왼쪽 가슴에서 굵은 한줄기 핏물이 분수처럼 뿜어졌다.

뜨거운 피가 뿜어지면서 뿌연 김이 허공으로 흩어졌다.

흑월은 어리둥절한 표정으로 자신의 심장에서 뿜어지는 피분수를 물끄러미 응시했다.

그의 왼쪽 가슴을 덮고 있는 옷은 겨우 손가락 반 마디 정도 살짝 베어진 상태였으며, 그곳에서 피분수가 뿜어지고 있는 것이었다.

그러나 실상 그의 옷에 덮여 있는 심장은 다섯 치 깊이로 찔려서 관통된 상태였다.

방금 전에 한 자루 검이 그의 심장 어림을 번개같이 스치고 지나갔었다.

그 순간 검에서 한줄기 비늘처럼 작고 예리한 검기가 뿜어져 심장을 깊숙이 찌른 것이다.

바로 동영(東瀛)의 자객검인 쇄린류(碎鱗流)다.

"소단주…… 어이해……."

흑월은 자신의 심장을 찌른 사람을 눈을 부릅뜬 채 불신의 표정으로 쳐다보았다.

평소 다정다감한 성격의 흑월은 소단주인 태무를 개인적
으로 좋아하고 잘 따랐었다.

그는 자신이 왜 태무에게 죽어야 하는지 죽은 후에도 이유
를 모를 것이다.

굳이 그에게 잘못이 있다고 한다면, 혈월단 본단으로 귀환
하는 태무를 호위하라는, 장도명의 명령을 수행하고 있다는
것뿐이었다.

흑월은 풀썩 앞으로 거꾸러지더니 몇 차례 몸을 푸들푸들
떨다가 잠잠해졌다.

태무는 죽은 흑월을 물끄러미 굽어보고 나서 몸을 돌리며
검을 어깨에 꽂았다.

장도명은 태무에게 혈월단으로 돌아가서 대기하고 있으라
고 명령했었다.

그러나 태무는 설영이 곧 위험에 빠질 것이라는 사실을 예
상하면서도 그를 모른 체할 수가 없었다.

*   *   *

콰차차차창!

"흐악!"

"크애액!"

네 자루의 검이 허공을 가르고 쪼개면서 번뜩이자 주위 여기저기에서 선홍색 피가 뿜어지고 쏟아지며 어지러운 비명성이 터져 나왔다.

설영이 전면에서, 단소예가 우측, 정미는 좌측, 철염이 후미를 맡아서 사력을 다해 포위망을 뚫고 있었다.

그들이 가고 있는 방향은 서쪽이었다.

장도명의 수중으로 들어간 설무검이 보냈을 비합전서의 서찰에 무슨 내용이 적혀 있는지 모른다는 사실이 설영은 못내 안타까웠다.

그러나 언제까지 안타까워하고 있을 수만은 없는 노릇이라서 결단을 내렸던 것이다.

설영은 나름대로 서찰의 내용을 유추해 보았다.

아마도 '형 설무검이 이 근방까지 당도했으니 조금만 견디라는 것이며, 아울러 형이 어느 방향에서 공격을 할 테니까 설영 너도 그 방향 안쪽에서 포위망을 뚫으면서 공격을 가해 내외(內外)에서 양동공격을 가하자' 는 정도의 내용이 아니었겠는가.

어쨌든 설영 일행으로서는 지금 당장, 아니, 당분간은 설무검의 도움을 받지 못하는 상황에서 자력으로 포위망을 뚫을 수밖에 없는 상황이었다.

설영이 서쪽을 선택한 가장 큰 이유는, 그쪽 방향을 포위하고 있는 자들 대부분이 녹림 무리라는 사실 때문이었다.

이왕이면 같은 힘을 들여서 싸우더라도 포위망 중에서 가장 약한 부분을 깨뜨리자는 판단이었는데, 그것이 생각했던 것만큼 그렇게 녹록하지가 않았다.

서쪽 포위망을 형성하고 있는 적의 칠 할이 녹림 무리고, 나머지 삼 할이 사파 고수로 구성되어 있었다.

그렇지만 도대체 포위망이 몇 겹인지 죽이고 죽여도, 뚫고 뚫어도 한도 끝도 없었다.

설영은 오래 끌면 끌수록 자신들에게 몹시 불리하다는 사실을 잘 알고 있었다.

시간이 지나면 자연히 자신들의 기력이 고갈될 것이고, 반면에 다른 방향에 있던 적들까지 서쪽으로 합세하여 적들이 두 배, 세 배로 불어날 것이기 때문이다.

쉬이익! 쉭!

설영은 수중의 검을 맹렬하게 휘둘러 덮쳐들던 녹림 무리들을 몇 걸음 격퇴시키고 나서 재빨리 숲의 다른 방향을 쳐다보았다.

동, 남, 북에 있던 적들 중에서 꽤 많은 수가 설영 일행이 있는 서쪽으로 이동하고 있는 것이 눈에 띄었다.

우려하던 일이 벌어지고 있는 것이다. 지금 이동해 오고 있는 적들까지 합세한다면 서쪽을 뚫는 것은, 아니, 포위망을 뚫고 탈출하는 것은 포기해야만 할 것이다.

처음에는 앞으로 전진을 하면서 닥치는 대로 적을 주살했었는데, 시간이 지날수록 전진하는 속도가 느려지더니 지금은 아예 한 발자국도 나아가지 못한 채 제자리에서 완전히 갇혀 버리고 만 형편이었다.

설영과 단소예, 정미, 철염 네 사람은 서로 등진 상태에서 팔과 검이 보이지 않을 정도로 검을 휘두르며 미친 듯이 적을 주살하고 있었다.

애초부터 초식 같은 것을 사용할 필요가 아예 없었다.

그저 검에 공력을 주입하여 벌 떼처럼 달려드는 적들을 베고 찌를 뿐이었다.

급소를 찌르고 벨 여유조차도 없었다. 될 수 있는 대로 한 명이라도 더 적을 죽이거나 팔다리를 잘라서 무력하게 만드는 일에 전력을 다하는 정도였다.

설영 일행 모두의 얼굴에 떠오른 초조함이 점점 짙어졌다.

적들의 시체가 너무 많아서 걸음을 옮기거나 움직이는 데 어려움이 많았다.

적들은 마치 살려고 하는 의지가 눈곱만큼도 없는 듯이 저돌적으로 몸을 날리면서 악바리처럼 무기를 휘두르며 사방에서 덮쳐 왔다.

녹림 무리들은 그렇다 쳐도, 사파 고수들의 공격은 만만하지가 않았다.

설영 일행은 마치 풀이나 나무를 베는 것처럼 마구잡이로 녹림 무리들을 쓰러뜨리다가, 어느 순간 갑자기 드러난 허점을 노리고 파고드는 사파 고수들의 공격에 깜짝깜짝 놀라기 일쑤였다.

설영 일행의 몸에 난 크고 작은 상처들은 그렇게 해서 생긴 것들이었다.

그러나 이런 최악의 상황에 처해 있어도 결코 포기하지 않는 것이 설영의 장점 중 하나다.

그의 검은 적들을 계속 베면서 머리는 빠르게 회전을 했다.

계속 서쪽을 고집하여 이대로 싸우고 있을 것인가.

아니면 이곳 서쪽을 보강하려고 벌 떼처럼 몰려오는 적들 때문에 취약해진 세 방향 중에서 새로 한 곳을 선택하여 그곳을 뚫을 것인가.

최초에 서쪽을 포위했던 적들. 그러니까 녹림인 칠 할에 사파 고수 삼 할이 뒤섞인 정도라면 어떻게든 해볼 만했다.

문득 설영은 가볍게 눈을 빛냈다. 그의 머릿속에서 한 가지 방법이 번뜩인 것이다.

그는 재빨리 단소예와 정미, 철엽에게 자신의 계획을 전음으로 간략하게 설명을 했다.

장도명은 싸움이 벌어지고 있는 장소에서 멀찍이 떨어진 곳의 교자 위에 편안한 자세로 앉아서 마치 강 건너 불구경하듯이 싸움을 바라보고 있었다.

지금 그의 곁에는 항상 그림자처럼 붙어 있던 홍월의 모습이 보이지 않았다.

그녀는 세 명의 수하 자월, 녹월, 청월(靑月)과 낙성검가의 신검사 열 명, 그리고 삼백 명의 사파 고수들을 이끌고 어디론가 떠났다.

그녀가 떠난 시각은 장도명이 설무검의 서찰을 읽고 일각쯤 지났을 때였다.

무슨 생각을 하는지 장도명의 입가에 자꾸만 득의한 미소가 피어올랐다.

"후후… 내 손으로 형제를 둘 다 죽이게 되다니, 이거야말로 하늘이 나를 돕는 것이 아니겠는가?"

설영 일행을 에워싼 포위망이 점점 더 두터워지는 것을 보면서 장도명의 미소도 조금씩 더 짙어졌다.

그때, 싸움이 벌어지고 있는 곳을 쳐다보고 있던 장도명의 눈이 약간 커졌다.

'뭘 하는 거지? 저놈!'

그의 시선이 멈춘 곳에서는 설영을 선두로 단소예와 정미,

철염이 갑자기 방향을 바꿔 동쪽을 향해 나는 듯이 달려가고 있었다.

장도명은 자신도 모르게 벌떡 일어섰다. 불길한 예감과 동시에 설영이 의도하고 있는 그 무엇이 머리를 스쳤다.

그는 설영 일행을 우르르 뒤쫓고 있는 수하들을 보면서 주먹을 흔들었다.

"저런 멍청한 놈들!"

동, 남, 북을 포위하고 있던 세 개의 세력들은 설영 일행이 서쪽 포위망 속에 갇힌 상태에서 허우적거리는 광경을 보고 완벽하게 그들을 포살하려는 욕심으로 자신들 세력의 절반을 원래의 자리에 남겨둔 상태에서 나머지 절반을 서쪽으로 이동시켰다.

원래 최초의 포위망은 설영 일행이 숨어 있던 봉우리를 에워싼 형태로 이루어져 있었다.

봉우리의 내경(內徑:지름)은 대략 백여 장 정도였으므로, 포위망은 그보다 약간 넓은 내경 백십 장 정도로 형성된 상태였었다.

조금 전에 설영 일행이 언덕에서 달려 내려와 곧장 포위망의 서쪽을 뚫으려고 쏘아갔었다.

그러자 포위망은 원래의 크기에서 약간 줄어든 내경 칠십여 장 정도의 규모로 축소되면서, 설영 일행을 따라서 서쪽으로 백여 장 가량 이동한 상태가 되었다.

포위망의 규모를 더 줄일 수는 없었다. 포위망을 형성하고 있는 인원이 천여 명이 훨씬 넘었기 때문에 내경 칠십여 장 정도가 최소한으로 줄인 규모인 것이다.

만약 더 줄인다면 천여 명이 서로 몸이 부딪쳐서 꼼짝도 못 하는 상황이 벌어지고 말 것이다.

동, 남, 북에 있던 오 할 정도의 세력이 서쪽 세력과 합치려면, 가깝게는 삼사십 장에서 멀게는 칠십여 장까지의 거리를 이동해야 한다.

그렇게 동, 남, 북의 세력들이 어렵사리 서쪽 포위망과 합세를 하여 설영 일행을 에워싸려는 순간, 설영 일행은 바람처럼 빠르게 정반대인 동쪽 포위망을 향해 쏘아간 것이다.

머릿수가 많다고 해서 무조건 다 좋은 것은 아니다.

덩치가 큰 만큼 행동이 굼뜨기 마련이다. 더구나 제대로 된 단체 훈련을 받아본 적이 없는 녹림 무리나 사파 고수들의 경우는 더욱 그렇다.

그러나 설영을 비롯한 네 사람은 하나같이 일류고수 이상의 실력자들이다.

그들이 갑자기 방향을 바꿔 동쪽으로 쏘아가자 서쪽에 모여 있던 적들은 일제히 뒤쫓으려고 했다.

하지만 좁은 장소에 한꺼번에 칠팔백여 명이 모여 있다 보니까 갑자기 방향을 전환하는 것이 쉽지가 않았다.

강이나 바다에서는 작은 배와 큰 배가 방향을 바꾸는 방법이 각기 다르다.

큰 배가 작은 배처럼 무리하게 방향을 바꾸다가는 뒤집어져 침몰하고 만다.

말하자면 설영 일행은 작고 날렵한 배고, 적들은 거대하고 움직임이 둔한 배다.

그런데 거대한 배가 갑자기 방향을 바꾸려고 드니 어찌 온전하겠는가.

칠팔백여 명의 녹림 무리, 사파 고수들은 한데 뒤엉키거나 서로 부딪쳐서 우르르 쓰러지기 바빴다.

또한 달려가던 자들은 쓰러진 자들에게 발이 걸려서 또 고꾸라졌고, 간신히 쓰러지지 않은 자들은 그곳에서 빠져나오기 위해서 쓰러진 동료들의 몸뚱이를 짓밟으면서 산지사방으로 몸을 날려야만 했다.

비명 소리가 난무하고, 몸이 짓밟혀서 팔다리 부러지는 소리가 한동안 장내를 가득 메웠다.

그사이에 설영 일행은 동쪽 포위망을 십여 장 정도 남겨둔 지점까지 당도하여 더욱 빠르게 휘몰아쳐 갔다.

아비규환에 휘말리지 않은 이백여 명의 사파 고수들이 긴

띠를 이루면서 전력으로 설영 일행을 뒤쫓았다.

그러나 그 순간 설영 일행은 이미 동쪽 포위망 한가운데를 향해 저돌적으로 부딪쳐 가고 있었다.

설영 일행은 자신들이 죽인 적의 피를 흠뻑 뒤집어쓴 시뻘건 모습이어서 흡사 악귀처럼 무시무시했다.

백여 명의 녹림 무리와 사파 고수들이 다섯 겹을 형성하고 있는 동쪽 포위망 맨 앞줄의 적들은 자신들을 향해 곧장 쇄도해 오는 설영 일행을 보면서 겁에 질린 표정을 지었다.

그들은 그 자리에 버티고 서 있기는 하지만 허수아비나 다를 바 없는 존재들이었다.

무기를 들어 설영 일행을 막겠다는 각오 같은 것은 얼굴에 조금도 떠올라 있지 않았다.

방금 전까지 설영 일행이 맞은편 서쪽 방향에서 어떻게 싸웠으며, 잠시 동안에 얼마나 많은 동료들을 죽였는지 두 눈으로 똑똑히 목격한 그들이었다.

이제 그 표적이 자신들이 된 것이고, 자신들이 죽을 차례라고 생각하니까 오금이 저리는 것은 당연했다.

"막아라! 절대 물러서지 마라!"

"포위망을 강화해라!"

동쪽 포위망의 우두머리로 보이는 사파 고수 몇 명이 포위망의 바깥쪽에서 손에 쥔 도검을 허공에 대고 흔들면서 고래 고래 악을 써댔다.

그러자 북쪽과 남쪽 포위망의 적들이 빠르게 동쪽으로 모여들기 시작했다.

설영 일행이 포위망의 맨 앞줄 오 장 거리까지 쇄도해 갔을 때에는 원래 백여 명이던 동쪽 포위망의 적들이 어느새 이백여 명으로 불어나 있었고, 그 수가 계속 빠른 속도로 불고 있는 중이었다.

설영 일행이 포위망 맨 앞줄과 부딪치기 직전.

맨 앞줄의 적들 중에서는 질끈 눈을 감는 자들도 있었다.

휘익!

순간 설영 일행은 갑자기 방향을 꺾더니 서쪽과 북쪽 사이, 즉 서북쪽을 향해 전속력으로 쏘아갔다.

그것은 누구도 예상하지 못했던 행동이었다.

설영 일행과 잠시 후에 한바탕의 피비린내 나는 싸움을 벌이게 될 것이라는 생각에 잔뜩 긴장하고 있던 동쪽 포위망의 적들과 설영 일행을 뒤쫓고 있던 이백여 명의 사파 고수들은 한순간 어이없는 표정을 지으며 설영 일행을 멍하니 쳐다보고만 있었다.

"무엇 하느냐? 어서 쫓아라!"

"놈들을 막아라!"

각 방향의 우두머리들이 나는 듯이 쏘아가는 설영 일행을 가리키며 아우성을 쳐 댔다.

퍼뜩 정신을 차린 적들이 여러 방향에서 우르르 설영 일행을 쫓기 시작했다.

설영 일행이 쏘아가고 있는 서북쪽은 포위망이라고 할 것도 없이 거의 무인지경이었다.

그렇다. 설영의 계획은 바로 이것이었다.

설영 일행이 서쪽에서 싸우다가 갑자기 동쪽으로 달려가면, 서쪽으로 모여들었던 대다수의 적들이 뒤쫓으려다가 난장판이 될 것이다.

서쪽 포위망에서 동쪽 포위망까지는 칠십여 장의 멀다면 꽤 먼 거리다.

설영 일행이 아무리 빨리 달린다고 해도 이삼십여 장 거리에 있는 북쪽과 남쪽의 적들이 동쪽으로 쏘아오는 설영 일행을 막기 위해서 모여들기에는 충분한 시간이다.

설영 일행이 서쪽에서 싸우다가 갑자기 동쪽으로 내달렸기 때문에 동, 남, 북쪽의 적들은 어떻게든 설영 일행을 막아야 한다는 생각에 동쪽 포위망으로 모여들 뿐 다른 생각을 할 겨를이 없었다.

그러는 사이에 자연스럽게 서북쪽과 서남쪽의 포위망이 엷어져 버린 것이었다.

아니, 그쪽을 막던 적들은 대부분 동쪽으로 달려간 상태고,

그나마 수십 명 남아 있는 적들도 떼 지어서 동쪽으로 달려가고 있는 중이었다.

선두를 내달리고 있는 설영의 앞을 가로막고 있는 것은 대여섯 명의 적들뿐이었다.

그나마도 남은 적들은 엉거주춤한 자세로 얼굴에 경악지색을 떠올린 채 어찌할 바를 모르고 당황하고 있었다.

설영은 가일층 속도를 내어 적들에게 득달같이 덮쳐들며 검을 휘둘렀다.

쉬이익!

가시덤불을 베어내듯, 설영의 검이 그들의 목과 몸통을 통째로 잘라 버렸다.

뒤따르던 단소예와 정미, 철염의 검이 춤을 추었다.

적들의 잘라진 몸뚱이가 땅에 떨어지기도 전에 설영 일행은 바람처럼 그곳을 통과했다.

"힘을 내!"

설영은 단소예 등을 뒤돌아보면서 힘찬 목소리로 기운을 북돋아주었다.

단소예와 정미, 철염은 지친 상태였지만, 얼굴에는 사지에서 벗어나고 있다는 기쁨이 역력하게 떠올라 있었다.

맨 뒤에서 달리고 있는 철염이 힐끗 뒤돌아보니 적들이 추격을 하고 있는데, 거리가 오 장이나 벌어졌으며 뒤돌아보고 있는 중에도 점점 더 멀어지고 있었다.

설영 일행의 앞쪽은 넓게 펼쳐진 잡목 숲이었고, 적들은 한 명도 보이지 않았다.

이대로 전력을 다해서 달린다면 적들을 떨쳐 내는 것은 시간문제일 것이다.

"놈들이 추격을 포기한 것 같습니다."

철염이 급히 선두의 설영에게 보고했다.

설영이 뒤돌아보니 이십여 장 뒤쪽의 적들이 속도를 늦추거나 아예 천천히 걷고 있는 것이 보였다.

설영 일행의 달리는 속도가 워낙 빨라서 도저히 따라잡을 수 없다고 판단한 것 같았다.

설영은 이제는 두 번 다시 포위망 안에 갇히는 일 따위는 없을 것이라고 다짐했다.

사실 설영 일행이 포위망에 갇혀 버린 결정적인 원인을 꼽는다면, 자신들을 감시하는 허공의 매가 한 마리뿐이라고 단정해 버렸기 때문이었다.

물론 그들을 감시하는 매는 한 마리뿐이었다.

그런데 더 높은 하늘에서 독수리 한 마리가 그들을 감시하고 있을 줄은 꿈에도 모르고 있었던 것이다.

설영은 일단 이곳 야산만 벗어나면 지금보다 더 빨리 달릴 수 있을 것이라고 생각했다.

아까 야산으로 숨어들고 난 이후에 알게 된 것인데, 야산은 생각했던 것보다 꽤 컸다.

그리 높은 편은 아니었지만 야산의 대부분을 차지하고 있는 숲과 완만한 구릉지대가 남북 십오 리, 동서 이십여 리에 달할 정도였다.

설영은 아직은 서쪽으로 방향을 꺾지 않았다. 이대로 계속 북쪽으로 달리다가 야산을 벗어나면 그때부터 평야 지대를 서쪽으로 달릴 생각이었다.

바로 그때 오십여 장 전면에 잡목 숲이 끝나고 나지막한 언덕이 담처럼 가로막혀 있는 것이 보였다.

문득 설영은 지금 보고 있는 저 언덕을 한 번 봤던 기억이 났다.

평야에서 적들과 싸우다가 도주했을 때 저곳을 지나서 야산으로 진입했었다.

설영의 기억이 틀리지 않다면, 언덕을 넘으면 산이 끝나고 드넓은 평야 지대가 나타날 것이다.

누가 시키지도 않았는데 설영을 비롯한 모두의 달리는 속도가 한층 더 빨라졌다.

모두들 언덕을 넘으면 야산이 끝나고 평야가 나타난다는 사실을 알고 있다는 뜻이었다.

"……!"

그때 전방을 주시하던 설영의 눈이 약간 커졌다.

전방에 믿어지지 않는, 아니, 믿고 싶지 않은 광경이 펼쳐지고 있었다.

잡목들이 듬성듬성 서 있는 언덕의 기다란 윗부분이 꿈틀꿈틀 움직이고 있었다. 그것은 흡사 망망대해의 넘실거리는 파도 같았다.

그리고 울긋불긋했다. 붉고 푸르고 누렇고 검은 색깔들이 언덕 위의 끝에서 끝까지 길게 이어지고 있었다.

사람의 물결이었다.

그것도 한두 명이 아닌 수백 명.

바로 장도명이 이끌고 온 또 다른 녹림 무리와 사파 고수들인 것이다.

설영과 세 사람은 어느새 그 자리에 멈춰 있었다.

그들은 좌우를 쳐다보았다. 평야의 좌우에서도 수백의 적들이 꾸물꾸물 밀려오고 있었다.

이번에는 뒤를 돌아보았다. 조금 전에 설영 일행을 뒤쫓다가 포기한 것처럼 보였던 천 명이 넘는 적들이 해일 같은 기세로 다가오고 있었다.

"이런……."

설영은 망연자실한 얼굴로 중얼거렸다. 그러나 너무 어이가 없어서 중얼거림마저도 이어지지 않았다.

모두의 얼굴에 더할 수 없는 낙담이 떠올랐다.

설영 일행은 싸우느라 극도로 지친 상태에서 포위망을 뚫 겠다는 일념만으로 마지막 힘을 내서 이곳까지 온 것이다.

그러나 눈앞에 벌어져 있는 현실은 너무도 냉엄했다.

네 사람은 온몸에 힘이 사라지고 그 자리에 주저앉고 싶은 마음뿐이었다.

"으음! 장도명, 이놈……."

설영이 어금니를 악문 채 한 서린 중얼거림을 흘렸다.

교활한 장도명은 만약을 대비해서 야산 바깥쪽에도 포위 망을 쳐 두었던 것이다.

그는 도대체 얼마나 많은 녹림 무리와 사파 고수들을 이끌 고 왔다는 말인가.

전면의 언덕을 넘은 적들이 숲으로 들어서고 있었다. 그 수 는 대략 사오백 명에 달했다.

숲의 좌우와 뒤쪽의 적들도 점점 더 가까이 접근하고 있는 중이었다.

적들은 서둘지도 않고 천천히 걸어서 다가오며 포위망을 형성하고 있었다.

단소예도, 정미도 이 순간만큼은 설영에게 어떻게 하면 좋 으냐고 묻지 않았다.

이런 절박한 상황에서 설영이라고 무슨 뾰족한 방법이 생각나겠는가.

그렇게 생각을 하면서도 단소예와 정미, 철염은 어느새 설영의 얼굴을 바라보고 있었다.

설영은 우뚝 서서 비스듬히 하늘을 쏘아보고 있었다.

그의 아름다운 얼굴에 떠올라 있는 것은 더할 수 없는 비분강개함이었다.

그의 분하고 슬픈 얼굴은 다른 세 사람을 더욱 분하고 슬프게 만들었다.

설영은 절망했다. 그렇지만 이대로 죽을 수는 없었다. 이곳에서 죽어버리기에는 너무 억울했다.

형 설무검이 지척에 와 있는데 만나지도 못하고 죽어야 한다는 생각 때문에, 형이 아우의 죽음을 알고 얼마나 슬퍼할 것인지 상상할 수 있기에 가슴이 온통 갈가리 찢어지는 것만 같았다.

그러나 무엇보다도 견딜 수 없는 것은 단소예와 정미, 철염마저도 죽어야 한다는 사실이었다.

그중에서도 단소예가 가장 불쌍했다. 설영이 아니었다면, 그만 나타나지 않았더라면 그녀는 이런 고통을 겪지 않아도 좋았을 것이다.

설영은 착잡한 얼굴로 단소예를 바라보았다.

그러나 단소예는 이런 상황에서도 해맑은 표정으로 설영

을 바라보며 아무렇지도 않은 듯한 모습을 하고 있었다.

그것이 설영을 더욱 괴롭히고 자책하게 만들었다.

그 순간 그는 한 가지 사실을 깨달았다. 자신이 너무 지나친 욕심을 부렸다는 사실이었다. 욕심을 부릴 처지가 아니었는데도 말이다.

단소예를 정말로 사랑한다면 그녀를 여기까지 데리고 오지 말았어야 했다.

처음에 단소예가 낙성검가 뇌옥에서 설영을 구해서 탈출한 후, 낙양성 내의 골목에서 정신을 차린 설영이 그녀와 반가운 해후만을 나눈 채 그냥 낙성검가로 돌려보내는 것이 가장 좋은 방법이었다.

그랬었다면 단소예는 설영을 구했다는 사실을 감춘 채 평상시처럼 낙성검가에서의 생활을 누려도 됐을 것이다.

헤어짐이 안타깝기는 하지만 지금의 이런 상황보다는, 그리고 죽는 것보다는 나을 터이다.

또한 설영이 무사히 낙양성을 빠져나간다면 나중에 그가 단소예를 만나러 와도 되지 않았겠는가.

그리고 그 후에도 단소예를 돌려보낼 수 있는 기회는 여러 차례나 있었다.

그녀가 설영을 탈출시켰다고는 하지만, 집으로 돌아간다고 해서 설마 친오빠인 단해룡이 그녀를 죽이거나 모진 짓이야 하겠는가.

설영은 사랑이라는 미명 아래 단소예를 돌려보내지 않은 채 온갖 고생을 시키면서 끌고 다니다가, 결국 이 지경에 이르고 만 것이다.

단소예를 바라보는 설영의 얼굴에 후회와 죄스러움이 가득 떠올랐다.

그때 그런 설영의 마음을 헤아렸는지 단소예가 그의 손을 가만히 잡았다.

뜻밖에도 그녀의 얼굴에는 행복한 미소가 잔잔하게 떠올라 있었다.

그리고 그녀의 나직한 전음이 설영의 고막을 잔잔하게 두드렸다.

"영 랑과 함께 지낸 시간들. 너무 행복했어요. 영 랑을 따라오지 않았었다면 평생 후회했을 거예요."

'소예……'

설영은 가슴이 무너지는 것을 느꼈다.

"다음 생애에도 소녀는 꼭 영 랑의 여자가 되고 싶어요."

단소예의 말에 설영은 아무 말도 하지 못했다.

설영은 지금까지도 깨닫지 못하고 있는 사실이 있었다. 만약 자신이 단소예에게 낙성검가로 돌아가라고 등을 떠밀었더라면, 그녀는 죽음을 택할지언정 절대 돌아가지 않았을 것이라는 사실을.

그런데 그때 이상한 일이 생겼다.

전후좌우의 적들이 이십여 장까지 가깝게 접근하고 있는 중인데도, 네 사람의 마음이 조금 전과는 달리 많이 차분해졌다는 사실이다.

적들이 가까워질수록 마음이 더 불안해져야 하는데, 오히려 차분해지다니 기이한 일이었다.

그것은 서로에 대한 굳은 믿음과 생사에 대한 초연함이 가져온 결과였다.

마음이 편해지자 가슴속을 짓누르던 중압감이 사라졌고, 새카만 먹물만 가득 들어찬 것 같던 머릿속도 깨끗한 물로 헹궈낸 것처럼 상쾌해졌다.

아니, 설영은 기분이 상쾌해졌다고 느낀 순간 하나의 좋은 생각이 퍼뜩 떠올랐다.

설영은 그 즉시 누렇게 마른풀 하나를 꺾어 들어 머리 위로 쳐들어보았다.

가느다란 풀이 흔들리면서 한쪽 방향으로 누웠다.

북쪽. 숲이 끝나고 언덕이 가로막힌 곳이었다. 남풍이 불고 있다는 뜻이다.

"정미야, 화섭자 가지고 있지?"

"응. 왜?"

설영이 뜬금없이 물었지만 정미는 기다리고 있었다는 듯 기쁜 얼굴로 즉시 대답했다.

설영이 그렇게 물을 때에는 반드시 뭔가 기발한 생각이 떠올랐다는 뜻이기 때문이다.

"정미, 너는 불을 붙일 준비를 하고, 소예와 철숙은 낙엽과 마른풀을 되도록 많이 긁어모아. 서둘러."

설영은 이미 몸을 숙여 바닥에서 낙엽과 마른풀을 긁어모으기 시작하면서 빠르게 지시했다.

정미는 품속에서 화섭자를 꺼내 뚜껑을 열고 가느다란 대롱 안에서 돌돌 말린 불씨를 꺼내 입으로 호호 불면서 불씨가 발갛게 타오르게 만들었다.

그사이에 설영과 단소예, 철영은 제법 많은 낙엽과 마른풀을 긁어모았다.

그즈음 전면의 적들은 어느덧 십여 장까지 접근하고 있었다.

뒤쪽과 좌우의 적들은 아직 삼사십여 장 밖에 있어서 여유가 있는 편이었다.

설영은 가장 가까이에 접근하고 있는 북쪽 적들을 뚫어야겠다고 판단했다.

왜냐하면 남풍이 비교적 거세게 불고 있었기 때문이다.

한 가지 다행스러운 것은, 적들이 그다지 서두르지 않고 천천히 걸어오고 있다는 사실이었다.

아마도 설영 일행을 독 안에 든 쥐들쯤으로 여기고 방심하는 듯했다.

설영은 북쪽을 향해 바닥에 낙엽과 마른풀 더미를 좌에서 우, 일 장 길이로 작은 담처럼 쌓아 수북이 늘어놓았다.

이어서 몸을 일으켜 뒤로 물러난 후 적들을 쏘아보면서 긴장된 표정으로 신중하게 중얼거렸다.

"내가 신호하면 일제히 전력을 다해서 내 뒤를 따라와. 기회는 단 한 번뿐이야."

단소예와 정미, 철염은 설영의 계획이 무엇인지 깨닫고 대답 대신 무겁게 고개를 끄덕였다.

"지금이다. 정미야, 골고루 불을 붙여."

설영이 전면을 주시하다가 적들이 칠팔 장까지 접근하자 나직하게 지시했다.

정미가 즉시 무릎을 꿇고 좌에서부터 우측까지 풀더미 아래에 듬성듬성 화섭자를 갖다 대고 입김을 불어 일일이 불을 붙였다.

그렇지만 최초의 불은 아주 미약해서 금세라도 꺼질 것만 같았다.

저 불이 과연 살아나서 언제 커다란 불길이 될 것인가 의구심이 들 정도였다.

이윽고 꺼질 듯이 흔들리던 작은 불꽃들이 바싹 마른 낙엽과 마른풀로 빠르게 번지면서 조금 더 큰 불꽃을 만들었다.

벌써 전면의 적들은 오 장까지 이르렀다. 그들의 발자국 소리가 묵직하게 지축을 울리고 있었다.

설영을 비롯한 모두의 얼굴에 극도의 긴장과 초조함이 가득 떠올랐다.

화르르—

그러다가 한순간 정말 거짓말처럼 불길이 확 일어나면서 거센 남풍에 실려 북쪽, 즉 전방을 향해 붉은 혀를 날름거리며 빠르게 번져 갔다.

화르르륵!

일단 바닥에 수북이 쌓여 있는 낙엽과 마른풀로 옮겨 붙은 불길은 걷잡을 수 없는 속도로 커지기 시작했다.

순간 전방의 적들이 그제야 불길을 발견하고 가볍게 놀라면서 멈칫 걸음을 멈추었다.

그들은 바로 그때 옳은 결정을 내렸어야만 했다.

불길이 더 커지기 전에 그것을 뛰어넘어 설영 일행을 공격하든가. 아니면 그 즉시 몸을 돌려 왔던 길을 되돌아 전력으로 도망을 치던가 말이다.

걸음을 멈추고 아주 잠깐 동안 머뭇거리는 사이에 불길은 어느새 그들의 이삼 장 전면까지 쇄도하고 있었다.

콰아아아!

잠깐 사이에 화마(火魔)로 돌변한 불길은 거대한 해일처럼 북쪽의 적들을 향해 덮쳐 갔다.

북쪽의 적들은 그제야 사태가 심상치 않음을 느끼고 주춤 주춤 뒷걸음질치다가 한순간 몸을 돌려 죽어라고 도망치기 시작했다.

그렇지만 그들은 지나치게 안이했고, 불길은 너무 가까이 다가와 있었다.

"으아아! 뜨거워!"

"흐아악!"

"살려줘―!"

거대한 불길이 순식간에 적들을 집어삼키고, 그 속에서 처절한 비명성이 마구 터져 나왔다.

앞섰던 자들은 거의 대부분 불길에 휩싸였으며, 중간에 있던 자들은 불타기 직전이고, 맨 뒤에 있던 자들만이 사력을 다해서 도주하고 있었다.

설영 일행의 뒤쪽과 좌우에서 다가오고 있던 적들은 난데없는 불길에 놀라고도 어이없는 표정을 지으며 멈춰 서서 쳐다보기만 할 뿐 어찌할 줄을 모르고 있었다.

"가자!"

그때 설영이 짧게 외치는 것과 동시에 전면 좌측을 향해 신형을 날렸다.

그 뒤를 단소예와 정미, 철염이 앞사람의 그림자가 된 것처럼 바짝 붙어서 따랐다.

설영은 거침없이 거센 불길 속으로 뛰어들었다.

뒤따르는 세 사람도 아예 불을 보지 못하는 것처럼 속속 불길로 뛰어들었다.

순간 뜨거운 열기가 네 사람의 온몸으로 확 끼쳐 왔다.

겉으로 드러난 얼굴과 손이 잠깐 사이에 익어버릴 것 같은 지독한 열기였다.

"크아악!"

"으아악!"

불속을 쏜살같이 달려가는 설영 일행의 전후좌우에서 온몸에 불이 붙은 적들이 고통을 견디지 못하고 이리 뛰고 저리 뛰며, 혹은 바닥에 데굴데굴 구르면서 처절하게 몸부림치는 광경이 보였다.

당연히 설영 일행의 옷에도 불이 붙었다.

치지이이…….

머리카락이 타 들어가는 귀에 거슬리는 소리가 들리면서 매캐한 냄새가 코를 찔렀다.

하지만 불을 끄고 있을 여유가 없었다. 불길을 벗어나려면 바람, 즉 남풍보다 더 빨리 달려야만 하기 때문이다.

물론 설영 일행은 바람보다 빠르다. 그렇지만 생각했던 것
보다 불길에 휩싸인 지역이 넓었다.

한 걸음이라도 더 빨리 불길을 벗어나지 못한다면 불길 바
깥의 적들을 상대하기도 전에 타 죽고 말 것이다.

파아아!

후우욱!

그때 설영 뒤를 바짝 따르고 있는 단소예가 장풍을 발출하
여 그의 옷에 붙을 불길을 꺼주었다.

그것을 보고 정미가 장풍을 발출하여 앞에 달리는 단소예
를, 그리고 철염이 앞쪽 정미의 불을 꺼주었다.

불길 속에서 불을 끄는 것은 무의미한 행동이었다. 불을 끄
자마자 곧 다시 붙었다.

그렇지만 단소예와 정미, 철염은 불이 붙은 즉시 앞사람의
불을 꺼주었다.

그러나 설영은 뒤돌아볼 여유가 없었다. 지금 이런 식이라
면 맨 뒤에서 달리고 있는 철염의 불을 꺼줄 사람이 없다는
것을 알지만, 어쩔 도리가 없었다.

다만 촌각이라도 빨리 이 지옥 같은 불길 속에서 빠져나가
는 방법밖에는.

파아아!

마침내 설영을 필두로 단소예와 정미, 철염이 불구덩이 북

쪽 바깥으로 튀어나왔다.

그곳은 아직 숲이었다. 십여 장쯤 전방에 완만한 경사의 높이 오 장 정도의 언덕이 보였다.

적들은 빠른 속도로 뒤쫓아오고 있는 불길을 등진 채 사력을 다해서 도망치느라 설영 일행의 출현을 미처 눈치 채지 못하고 있었다.

몸에서 연기가 피어나는 설영 일행은 곧장 전면의 적을 향해 돌진해 갔다.

쉬익!

쐐애액!

네 자루 검이 허공을 가르며 적들을 찌르고 벴다.

순식간에 십오륙 명의 적이 불을 피하려다가 검에 찔리고 베어져 쓰러졌다.

설영 일행은 곧장 언덕을 향해 전력으로 달려갔다.

뒤늦게 그들을 발견한 적들이 우르르 추격했다.

그렇지만 설영 일행을 따라잡을 수는 없었다.

第七十五章
살신성인（殺身成仁）

"뭐라고? 놓쳤다는 말이냐?"

장도명의 얼굴이 보기 싫게 일그러졌다.

"그게… 놈들이 불을 지를 줄은 예상하지 못했습니다. 용서하십시오, 주군."

장도명이 앉아 있는 교자 앞에 한 명의 홍포인이 서서 고개를 조아린 채 용서를 구하고 있었다.

"놈들이 불을 질러? 그것도 예상하지 못했다는 말이냐? 게다가 용서를 해달라고?"

장도명의 입초리가 싸늘하게 비틀어지고 눈에서 광포한

안광이 폭사되었다.

사실은 그 역시도 설영 일행이 불을 지르고 탈출할 것이라고는 예상하지 못했었다.

그러므로 지금 그가 화를 내고 있는 이유는 순전히 자신의 우매함 때문이었다.

팍!

다음 순간 한줄기 새파란 검광이 반원을 그리며 허공에서부터 아래로 그어지며 홍포인을 갈랐다.

홍포인은 비명조차 지르지 못하고 고개를 숙인 자세로 이승을 하직했다.

툭!

잘라진 머리통이 그의 발 앞에 떨어져서 자신의 베어진 목을 올려다보았다.

"주군……."

머리통은 자신이 죽었다는 사실을 인식하지 못한 채 눈을 두어 차례 껌뻑거리다가 이윽고 움직임을 멈추었다.

장도명은 홍포인을 죽이고서도 분이 풀리지 않는 듯한 표정으로 오른손에 쥐고 있는 검을 어깨의 검집에 꽂으며 내뱉듯 중얼거렸다.

"사패황(邪覇皇)은 아직 도착하지 않았느냐?"

"여기 있습니다."

대답과 함께 장도명 전면에 한 무더기 검은 구름 같은 것이 뭉클 피어나는 듯하더니 어느새 한 인물이 우뚝 선 자세로 나타났다.

전신을 칠흑 같은 흑포로 감싼 인물이었다.

사십오 세 정도의 나이.

우람한 체구에 검고 짧은 수염을 가슴까지 길렀으며, 번갯불처럼 번뜩이는 눈을 지녔다.

어깨에는 한 자루 대도를 멨고, 왼손에는 십이 척 길이의 한 자루 혈귀언월도(血鬼偃月刀)를 쥐고 있었다.

그가 바로 사도지존(邪道至尊)인 사패황이었다.

삼천무림은 사파를 무림으로 인정하지 않는다. 그러니 녹림은 두말할 필요도 없다.

그러나 사파 전체의 규모는 삼천무림을 모두 합친 것보다 훨씬 더 크다.

방, 문파의 수는 삼천무림보다 세 배 이상. 사파인은 무려 다섯 배 이상이나 많다.

그렇지만 사파가 삼천무림보다 더 크고 더 많다는 것은 단순히 숫자적인 우위에 지나지 않는다.

사파가 아무리 거대하다고 해도, 그리고 그들 모두가 하나로 단결하는 무림사 초유의 사태가 벌어진다고 해도 삼천무림 중 한 군데, 즉 일천(一天)에 비해 채 절반에도 미치지 못하는 수준이라는 사실에 이의를 제기할 사람은 그리 많지 않을 것이다.

그동안 사파는 어떻게든 삼천무림에 편입(編入)하려고 무던히 애를 썼지만 허사였다.

물론 사파 전체가 삼천무림에 편입하려고 한 것은 아니다.

사파는 무림이 시작된 이래 한 번도 일통(一統)되거나 단결하여 움직인 적이 없었다.

그러니 삼천무림에 편입하려는 시도는 사파의 각 방, 문파, 즉 최소단위로 꾸준히 이루어졌을 뿐이었다.

그런데 삼 년 전 어느 날부터인가 사파의 그런 움직임이 일제히 뚝 끊어졌다.

이후 그 어떤 방, 문파도 다시는 삼천무림 근처에 얼쩡거리지 않았고, 그것이 오늘에 이르고 있다.

그렇지만 삼천무림에서는 그런 것에 대해서 별달리 신경을 쓰지 않았다.

아마도 쓰레기 같은 것들이 더 이상 귀찮게 굴지 않아서 후련해졌다는 정도로만 생각했을 것이다.

천하에 흩어져 있는 사파에는 총 이천칠백여 방, 문파가 존재하고 있다.

그들을 상, 중, 하급으로 분류하자면 상급은 고작 백오십 곳에 불과하고 중급 사백칠십여 곳. 나머지 이천백여 곳이 하급 방, 문파다.

삼 년 전.

한 인물이 사파의 상급에 속하는 백오십 개 방, 문파들을 모조리 장악하는 경악할 만한 일이 벌어졌다.

이후 백오십 개의 상급 방, 문파들은 중급 사백칠십여 곳을 차례로 접수했으며, 중급 사백칠십여 방, 문파는 다시 하급 이천백여 곳을 장악했다.

최초의 한 인물에 의해서 사파의 이천칠백여 방, 문파가 장악되어 하나로 묶어지는 데 소요된 시간은 불과 일 년이 걸렸을 뿐이었다.

그리고 더욱 놀라운 사실은, 삼천무림에서는 그 사실을 추호도 모르고 있다는 것이었다.

물론 삼천무림 외의 천하를 장악하고 있는 사령단에서도 전혀 눈치를 채지 못했다.

사파 내에서도 이천칠백여 방, 문파의 우두머리들밖에 모르는 일이거늘, 어찌 삼천무림이나 사령단이 알 수 있겠는가.

무림사 이래로 단 한 번도 일어나지 않았던 일.

사파일통(邪派一統)은 그렇게 이루어졌었다.

사파의 맨 꼭대기, 즉 정점에 바로 사패황이 버티고 있었다. 그가 최초에 사파의 백오십 방, 문파를 장악한 인물이었다.

그리고 사패황의 배후에는 일개 해적 두령인 장도명이 도사리고 있었다.

사패황을 움직여서 사파를 일통하게 한 것은, 사실 장도명의 뜻이었다.

"늦었습니다, 주군."

사패황은 장도명에게 공손히 허리를 굽혀 예를 표했다.

사도지존 사패황이 장도명에게 '주군'이라고 호칭한다. 그것은 그가 장도명의 수하라는 뜻이다.

사패황을 쳐다보는 장도명의 얼굴에 여태까지의 신경질적인 기색은 추호도 남아 있지 않았다.

그는 원래 욕심 내키는 대로 수단과 방법을 가리지 않고 사욕을 채우는 종욕염사(從欲厭私)한 인물이지만, 사패황을 대하는 태도만큼은 남달랐다. 그를 바라보는 얼굴에 잔잔한 미소마저 어른거렸다.

"자네가 조금 더 일찍 왔더라면 그 어린놈을 놓치지 않았을 텐데 말이야."

장도명이 일껏 치켜세우는 데도 사패황은 우뚝 선 채 대꾸하지 않았다.

그가 원래 과묵한 성격이라는 사실을 잘 알고 있는 장도명은 개의치 않고 계속 말을 이었다.

"그쪽 일은 어떻게 돼가고 있는가?"

"순조롭습니다."

장도명은 사파 축에도 끼지 못하는 해적단 두령이다. 말하자면 녹림이나 같은 신분이다.

천하의 수많은 사람들이 가슴속에 각양각색의 크고 작은 꿈들을 품고 있지만, 절대다수가 그 꿈을 피워보지도 못한 채 그저 한낱 꿈으로 끝내고 만다.

마지막까지 꿈을 이루는 자는 극소수에 불과하다. 더구나 그들의 꿈이라는 것은 대부분 실현 가능한 것들이다.

단 일 푼어치도 실현될 가능성이 없는 꿈은 아예 품지도 않는다는 것이다.

그렇지만 일개 해적단 두령인 장도명은 하나의 엄청난 꿈을 품고 있는 중이다.

그 꿈을 위해서 그는 오랜 세월 동안 차근차근 준비를 해왔다.

사패황을 배후에서 조종하여 사파일통을 이루어낸 것도 그 준비 과정 중에 하나였다.

"수하를 얼마나 데리고 왔는가?"

"사백 명입니다."

장도명의 물음에 사패황은 고개를 숙이며 대답했다.

이 년 전부터, 사파 내에서는 장도명이 계획하고, 사패황이 실행하고 있는 한 가지 과업이 있다.

그것은 사파를 완전히 새롭게 탄생시키는 대개혁이다.

대개혁의 핵심은 천사십진(天邪十陣)이라는 조직을 만들어내는 것이었다.

도합 열 개의 진(陣).

사파 이천칠백여 개 방, 문파의 수십만 수하들 중에서 공력과 근골, 머리가 뛰어난 자들을 엄선해서 열 개의 등급으로 분류하여 장도명이 구한 열 종류의 무공서(武功書)를 가르치는 것이다.

물론 열 종류의 무공서는 장도명이 엄선한 것들로 불가, 도가, 속가, 유가, 마도 등의 실전되었거나 천하 무림에서 내로라는 각 문파의 비전무공들이 망라되어 있다.

그는 그 열 종류의 무공서들을 손에 넣기 위해서 수단과 방법을 가리지 않았다.

황금으로 구할 수 있는 것은 막대한 황금을 지불했으며, 뜻대로 되지 않는 것은 훔치기도 했고, 그것을 지니고 있는 사람을 독살하기도 했었다.

말하자면 무공서들을 구하기 위해서 수단과 방법을 가리지 않았다는 것이다.

"사백 명이라면, 사진(四陣)과 오진(五陣)인가?"

장도명은 마음에 든다는 듯 미소를 짓는 얼굴로 고개를 끄덕이며 물었다.

천사십진의 일진은 열 명, 이진 삼십 명, 삼진 육십 명, 사진 백 명, 오진 삼백 명, 육진 육백 명, 칠진 천 명, 팔진 이천 명, 구진 사천 명, 십진 일만 명이다.

그렇게 도합 일만 팔천백 명이라는 어마어마한 고수들로 이루어졌다.

"그렇습니다."

"누굴 잡아야 하는지 알고 있나?"

"옥룡살귀라는 놈이 포함된 살수 두 명과 낙성검가 소가주, 낙성검가 당주 한 명. 맞습니까?"

"하나 더 있어."

장도명은 북쪽 하늘을 쳐다보며 흐릿한 미소를 지었다. 역력한 비웃음이었다.

"크큭! 땅속에 묻혀서 썩고 있어야 할 인간이 버젓이 대명천지에 나돌아 다니고 있네."

장도명은 설무검이 어떻게, 누구에게 죽었는지에 대해서는 전혀 아는 바가 없다.

그저 칠 년여 전쯤에 절대자가 죽었다는 소문만 풍문으로 어렴풋이 들었을 뿐이다.

그러나 그런 일은 궁금하지 않았고 관심도 없었다.

지금 그의 머릿속에는, 설무검을 죽여서 그 수급을 낙성검가로 가져가면 과연 단해룡의 얼굴이 어떻게 변할 것인가. 그래서 그에게 이번에는 무엇을 요구할까 하는 생각으로 가득 차 있었다.

장도명이 가슴속에 품고 있는 천하대계(天下大計)는 너무도 원대해서, 중천무림의 차기 천주인 단해룡마저도 그저 하나의 이용 가치일 뿐이었다.

"북쪽으로 가면 홍월이 숨어서 누군가를 기다리고 있거나, 아니면 이미 싸움이 벌어지고 있을 게야. 그쪽으로 사진 백 명을 보내게."

설무검에게는 홍월을 비롯한 호신사월과 낙성검가에서 내준 신검사 열 명, 그리고 사파 고수 삼백 명을 보냈었다.

거기에 장도명이 야심차게 키우고 있는 천사십진의 사진 백 명을 더 보내는 것이다.

천사십진의 사진 백 명이 오진 삼백 명과 싸우면 막상막하를 이룰 것이다.

그것은 사진의 한 명이 오진의 세 명을 당적할 수 있을 정도로 고강하다는 뜻이다.

천사십진의 일만 팔천백 명은 과거의 무공을 깡그리 버리고 열 종류의 무공서, 즉 천사십서(天邪十書)의 새로운 무공을 지난 이 년 동안 불철주야 연마했다.

천사십대고수(天邪十代高手)로 불리는 일만 팔천 명은 완전히 새롭게 태어났다.

아니, 그들은 더 강해지기 위해서 잠을 자는 시간만 빼고 오직 무공 수련에만 전념하고 있다.

그렇게 사파의 대개혁은 아직도 진행 중이었다.

장도명은 천사십진의 사진 백 명을 더 보내면 충분히 설무검을 죽일 수 있을 것이라고 확신했다.

그는 설무검이 몇 명의 조력자를 데리고 오는지 이미 보고를 받고 훤히 알고 있었다.

원래 감시용 매와 독수리는 설영 일행만을 추적했던 것이 아니고, 혹시라도 다른 자들이 그들을 도우러 오는지도 살피고 있었던 것이다.

"모두 죽여도 좋지만 계집처럼 예쁜 어린놈, 설영이란 놈은 반드시 살려서 내 앞에 끌고 오게. 팔다리를 다 잘라도 상관없으니 목숨만 붙어 있으면 그걸로 괜찮네."

설영이라는 이름을 말할 때 장도명의 눈에서 새파란 안광이 번뜩였다.

야산을 등지고 평원을 전력으로 십오 리쯤 달린 설영 일행은 일단 멈추고 바닥에 앉았다.

그들이 있는 곳뿐만 아니라 평원 전체가 누런 풀이 가슴까지 이르는 무성한 초지였기 때문에 앉아 있으면 어디에서도 보이지 않았다.

모두들 숨을 몰아쉬고 있을 때, 설영은 몸을 약간 일으켜서 자신들이 달려온 방향을 살펴보았다.

까마득하게 먼 곳에서 추격자들이 이쪽으로 달려오고 있는 광경이 보였다.

새카맣게 개미 떼가 몰려오는 것 같았으며, 그 수가 족히 천여 명 이상인 듯했다.

야산에 우글거리던 사파 고수와 녹림 무리가 한꺼번에 추격해 오고 있었다.

그러나 아직까지는 약간의 여유가 있었다. 설영 일행이 그들보다 두 배 이상 빨리 달려왔기 때문이다.

이들이 있는 곳에서 추격자들이 달려오는 곳까지의 거리는 넉넉잡아도 칠, 팔 리 정도.

그러므로 최소한 일각 이상은 시간이 있었다. 그사이에 설영은 해야 할 일이 있었다.

"철숙, 괜찮아?"

그는 급히 철염을 부르면서 그의 등 뒤 쪽으로 다가갔다.

사실 설영은 여기까지 달려오는 내내 철염이 몹시 걱정스러웠었다.

불구덩이 속에서 달리며 모두들 앞선 사람의 옷에 붙은 불을 꺼주었지만, 맨 뒤에서 달리던 철염은 아무도 꺼주는 사람이 없었다.

자신의 몸에 불이 붙어서 뜨거우면 앞사람보다는 제 몸의 불부터 끄고 보는 것이 인지상정이거늘, 철염은 앞서 달리고 있는 정미의 불만 부지런히 꺼주었을 뿐 자신은 조금도 돌보지 않았던 것이다.

철염은 정미를 잘 알지 못한다. 낙양성을 떠나서 이곳까지 오는 며칠 동안 철염은 어자석에 앉아 마차를 몰고, 정미는 마차 안에 타고 온 것이 전부였다.

그나마 밥을 먹을 때나 객잔에서 잠을 잘 때에도 정미는 성격이 쌀쌀맞은 데다 잘 알지 못하는 철염하고는 말을 한마디도 섞지 않았었다.

그런 정미의 옷에 붙은 불을 철염은 성심성의껏 꺼주었던 것이다. 자신은 돌보지 않은 채.

"속하는 괜찮습니다, 소가주."

철염은 등을 보이지 않으려고 앉은 자세에서 굼뜬 동작으로 뭉그적거리면서 한사코 손사래를 쳐 보였다.

"그보다, 지금은 한시 바삐 도주해야 합니다. 어디로 갈 것인지 지시해 주십시오."

설영은 철염을 보면서 착잡한 마음을 금치 못했다. 철염의 앞모습이 예상했던 것보다 너무 형편없었기 때문이다.

옷은 거의 다 타버려서 남아 있지 않았으며, 드러난 맨살은 거멓게 그을렸다. 수염과 머리카락도 타버려서 얼굴에 숯검

정을 잔뜩 칠한 것 같았다.

척!

"철숙, 가만히 있어봐."

순간 설영은 철염의 한쪽 어깨를 움켜잡으면서 재빨리 그의 등 뒤로 돌아갔다.

그러나 설영은 뜻을 이루지 못했다. 잡았던 철염의 어깨를 놓쳐 버렸기 때문이다.

"으으……."

철염의 얼굴이 고통으로 일그러졌다.

그는 신음 소리를 내지 않으려고 있는 힘껏 이를 악물었지만, 이빨 사이로 극심한 고통이 뚝뚝 묻어 있는 신음이 미약하게 흘러나왔다.

설영은 크게 놀라는 얼굴로 자신의 손을 들어 올렸다.

거기에는 타서 숯이 된 옷 부스러기와 철염의 어깨에서 뭉텅 떨어져 나온 벌건 살 조각이 달라붙은 채 누런 액체를 흘리면서 흐릿한 김을 뿜어내고 있었다.

설영은 놀라움을 떨치지 못한 상태에서 기듯이 무릎걸음으로 철염의 뒤로 돌아갔다.

"……."

고통 때문에 상체를 잔뜩 구부리고 있는 철염의 등을 본 순간 설영은 목이 콱 막히고 눈물이 핑 돌았다.

거기에는 인간의 등이라고 할 수 없는 것이 놓여 있었다. 다만 불에 타서 일그러지고 짓물러 터진 시뻘건 화상의 흔적만 참혹하게 있을 뿐이었다.

뒤통수에서 허리까지 온통 다 짓물러 터져서 누렇고 붉은 진물이 줄줄 흘러내렸다.

그가 앉아 있기 때문에 보이지 않을 뿐이지, 허리 아래 엉덩이와 다리도 마찬가지일 것이다.

단소예와 정미도 설영 옆으로 다가와서 철염의 뒷모습을 발견하고 소스라치게 놀랐다.

두 여자는 너무 놀라서 손으로 입을 가린 채 눈을 커다랗게 뜨고 신음 소리조차 흘리지 못했다.

그때 철염이 고개를 들다가 모두들 보이지 않자 뒤돌아보고는 화들짝 놀라며 몸을 일으켰다.

"아… 속하는 괜찮습니다. 이까짓……."

거기까지 말하고 그는 풀썩 쓰러졌다.

"철숙!"

"철 호위!"

설영과 단소예는 그에게 달려들면서 비통하게 외쳤다.

"으으…… 속… 하는… 괜찮……."

철염은 일어나려고 기를 쓰면서 두 팔을 허공에 허우적거리다가 끝내 혼절하고 말았다.

불이라는 것은 무엇이든지 닥치는 대로 태워 버리고 만다. 바위를 부수고 쇠마저도 녹인다.

그런데 하물며 뼈와 살로 이루어진 인간의 몸뚱이야 두말할 나위가 있겠는가.

"아……."

정미는 너무 큰 충격을 받아 아무 말도 못하고 눈을 휘둥그렇게 뜬 채 철염을 바라보았다.

태어나서 이날까지 살아오는 동안 정미와 가장 가까웠던 사람은 설영과 혜윤, 두 사람뿐이었다.

정미는 설영과 혜윤 외에는 다른 사람에게 도움을 받아본 적이 거의 없었다.

특히 설영을 위해서라면 기꺼이 목숨까지도 아낌없이 바칠 수가 있다.

그러나 설영이 자신을 위해서 죽어줄 수 있느냐는 것은 크게 개의치 않았다.

죽어줄 수 있는 마음이 있다면 고맙고, 그렇지 않더라도 별반 상관이 없었다.

그런데 지금 정미는 자신의 옷에 붙은 불을 꺼주다가 죽어가고 있는 타인(他人)을 보고 있다.

만약 그 타인이 자신을 희생해 가면서 정미의 불을 꺼주지 않았으면, 불에 구워진 고깃덩이처럼 죽어가고 있는 것은 정미 자신이었을 것이다.

　물론 철염으로서는 자신이 목숨을 바쳐서 보호하려는 설영의 친구인 정미를 위해서 기꺼이 희생을 한 것이겠지만, 당사자인 정미는 철염의 참혹한 모습을 보면서 가슴이 조각나는 것처럼 감동했고 또 절망했다.

　"안 돼……. 죽으면 안 돼……."

　정미의 두 눈에 눈물이 가득 고였다. 그녀는 신음처럼 중얼거리면서 무릎으로 철염에게 기어갔다.

　그때 이를 악물고 있던 설영이 철염을 들쳐 업고 일어섰다.

　그러나 잘 업혀지지가 않았다. 설영이 철염의 다리를 잡자 다리의 익은 살이 뚝 떼어졌으며, 엉덩이를 잡자 또다시 그곳의 살이 뭉텅 떨어져 나갔다.

　"묶어줘. 어서."

　설영은 철염을 등에 업은 상태에서 허리를 잔뜩 구부리고 다급히 재촉했다.

　"내가 할게."

　정미가 자신의 풍만한 젖가슴이 흔들리지 않도록 칭칭 묶어놓았던 무명천을 풀면서 빠르게 철염에게 다가갔다.

　이어서 그녀는 천을 평평하게 펴서 천이 철염의 익은 살 속으로 파고들지 않도록 조심을 기하면서 철염과 설영을 하나로 묶었다.

“가자.”

설영은 상체를 앞으로 깊이 숙인 채 방향을 서쪽으로 잡고 달리기 시작했고, 그 뒤를 역시 자세를 한껏 낮춘 단소예와 정미가 바짝 따랐다.

그곳에서 서쪽으로 삼십여 리쯤 가면 당하현이 나온다. 설영 일행이 원래 가려고 했던 곳이다.

설영이 받은 마지막 비합전서에는 당하현을 관통하여 흐르는 강 당하를 거슬러 올라 북상하면서 낙양으로 향하라고 적혀 있었다.

야산에서 포위망에 갇혀 있을 때 날아온 형 설무검의 비합전서를 받아보지 못한 것이 계속 마음에 걸렸지만, 지금으로서는 어쩔 수가 없었다.

철염을 살리기 위해서 위험을 무릅쓰고 당하현으로 들어가야만 할 것이다.

그러나 설영은 모르고 있었다.

방금 있던 곳에서 방향을 바꾸지 않고 북쪽으로 계속 십여 리쯤 더 달려갔다면, 꿈에도 그리던 형 설무검을 만날 수 있었을 것이라는 사실을.

第七十六章
솔개가 높이 나는 이유

사사사사—

설무검을 필두로 양궁표와 네 형제들. 현조운, 결사칠위와 곽정, 고선, 명한 십칠 명이 무성한 풀숲 속을 빠른 속도로 질주하고 있었다.

그들은 당하를 출발한 이후 지금껏 한 번도 멈추지 않고 달려오는 길이었다.

그때 선두를 달리던 설무검은 전방 저 멀리에서 검은 연기가 하늘로 솟아오르고 있는 것을 발견했다.

"불이에요, 대가."

설무검의 속도가 조금 느려지자 고선이 그의 곁으로 다가오며 기쁜 표정을 지었다.

"대가의 계획대로 동생이 야산에 불을 지르고 산의 남쪽으로 피신한 것 같아요."

설무검은 약간 안력을 돋우었다. 평원 넘어 삼십여 리 거리에 있는 그리 높지 않은 산의 오른쪽 한 귀퉁이에서 검은 연기가 치솟고 있었다.

그런데 뭔가 조금 이상했다. 그는 고개를 갸웃거렸다.

당하 강가에서 설무검이 설영에게 비합전서를 보낸 것이 두 시진 전의 일이다.

그곳 당하 강변에서 야산까지의 거리는 길게 잡는다고 해도 사십여 리. 그 정도는 전서구가 이각 안에 능히 날아갈 수 있는 거리다.

그것은 설영이 비합전서를 한 시진 반하고도 이각 전에 받아봤어야 한다는 뜻이다.

설영이 애초에 숨어 있던 곳에서 나와 불을 지를 만한 적당한 장소를 물색하면서 돌아다니는 데 이각 정도의 시간을 허비했다고 가정한다면, 그는 지금으로부터 한 시진 반 전에 불을 질렀어야 한다.

바싹 마른 야산은 화약 덩어리나 다름이 없다. 그러므로 한 시진 반부터 불타기 시작했다면 지금쯤 온 산이 화염에 휩싸여 있어야만 하는 것이다.

그런데 지금 설무검이 보고 있는 불길은 넉넉잡아야 반 시진 전부터 타기 시작한 것으로밖에는 보이지 않았다.

낙엽이나 마른풀을 모아 불을 지르는 일은 너무도 쉽고 간단한 일이다.

그런데도 설영은 한 시진이나 늦게 불을 질렀다. 과연 그 이유가 무엇 때문인지 설무검은 궁금했다.

'내가 지나치게 예민한 것인가?'

문득 설무검은 내심 중얼거리면서 스스로를 다독였다.

일단 그렇게 생각하기로 하자 '설마 두어 시진 사이에 설영에게 무슨 일이 있었겠는가' 하는 안도의 마음이 조금씩 생겨나기 시작했다.

그러나 그런 마음이 채 무르익기도 전에 설무검은 가볍게 흠칫했다.

뼈를 저미는 듯한 살기가 사방에서 맹렬하게 뿜어지고 있었다. 상대는 살기를 감추려 하지도 않고 노골적으로 강하게 드러내고 있었다.

심지어는 방금 설무검 일행이 지나온 뒤쪽에서까지 살기가 뿜어져 왔다.

그것은 누군가 이곳에서 잠복한 상태에서 설무검 일행을 기다리고 있었다는 것을 의미했다.

그리고 설무검 일행은 파놓은 함정의 아가리 속으로 고스란히 들어와 버린 것이다.

'방심했다.'

설영이 야산에 불을 늦게 지른 것 때문에 그의 안위를 염려하느라 잠시 주위의 경계를 소홀했던 것이 불찰이었다.

그것은 그렇다고 쳐도, 공력 백오십 년을 운용할 수 있는 초절정고수인 설무검의 이목을 이토록 감쪽같이 속일 수 있다는 것은 매복해 있는 자들이 결코 만만한 상대가 아니라는 뜻이었다.

날카로운 살기가 뿜어져 오는 것이 아니었다. 상대는 이미 행동을 개시하고 있었다.

그 즈음 양궁표와 그의 형제들, 현조운, 결사칠위와 곽정, 고선, 명한도 살기를 감지했다.

아울러 보이지 않는 사방에서 자신들을 향해 열 명이 무서운 속도로 쏘아오고 있다는 사실을 간파하고 그에 대응할 준비를 갖추었다.

설무검을 제외한 이들 십육 명의 무공 수준은 양궁표와 현조운이 제일 강하고 그다음이 반호, 단랑, 오장보, 염탕의 순서이다.

결사칠위에서 제일 강한 사람은 두말할 것도 없이 우두머리인 금록, 그다음이 청랑 등의 순서다.

금록의 수준은 반호 정도이고, 다른 여섯 명은 단랑이나 오장보, 염탕과 비슷한 수준이다.

고선의 실력은 반호와 비슷하고, 곽정과 명한은 이중에서 가장 약한 염탕과 맞먹는 수준이다.

그때 설무검은 한 가지 사실을 더 감지했다.

이 근처에는 지금 공격해 오고 있는 열 명만이 아니라 네 명이 더 숨어 있다는 것이다.

그리고 좀 더 멀리에는 수백 명이 설무검 일행을 포위하여 크게 원을 형성한 채 풀숲에 웅크리고 있다는 사실이다.

설무검은 짧은 순간 갈등했다.

매복해 있는 수백 명을 상대로 싸울 것인가. 아니면 일단 도주하여 위험을 벗어난 후에 다시 설영이 기다리고 있는 야산으로 향할 것인가 하는 것이었다.

그러나 설무검은 지금 당장 이들을 피한다고 해도 이들은 결국 야산으로 돌아가 설영을 구하는 일에 방해가 될 것이 분명하다는 판단을 내렸다.

더구나 설무검은 처음부터 야산의 북쪽으로 치고 들어가면서 설영을 포위하고 있는 장도명의 수하들을 깨부순다는 계획을 세우지 않았었는가.

그러니 굳이 물러서야 할 이유가 없었다.

그 순간 설무검은 퍼뜩 한 가지 사실에 의문을 품었다.

이들이 미리 매복한 상태에서 기다리고 있었다는 것은 설무검 일행이 이곳으로 온다는 사실을 사전에 미리 알고 있었다는 뜻이 된다.

믿고 싶지 않은 일이지만, 그것은 한 가지 가능성을 암시하고 있었다.

'음! 장도명이 비합전서를 가로챘군.'

비합전서의 내용을 읽었어야만 설무검 일행이 온다는 사실을 미리 알 수가 있다.

그렇다면 비합전서를 읽지 못한 설영은 야산에 불을 지르지 못했어야 하는데, 지금 야산이 불타고 있는 것은 어떻게 설명해야 하는 것인가.

그러나 설무검은 더 이상 생각을 잇지 못했다.

파아앗!

설무검 일행을 포위한 상태의 열 방향 풀숲 속에서 열 명의 암습자들이 비스듬히 비조처럼 숫구치면서 드디어 쏘아오기 시작한 것이다.

착!

그들 열 명은 지상에서 반 장 가량 허공에 낮게 뜬 상태에서 설무검 일행을 향해 비스듬히 쏘아오면서 일제히 발검을 하는 동시에 공격을 퍼부었다.

'낙성검사라는 것인가?'

설무검은 자신을 향해 전면에서 쏘아오는 한 명을 발견하고 가볍게 흠칫했다.

중천무림의 천주였던 그가 중천오세의 하나인 낙성검사의 복장 따위를 모를 리가 없다.

더구나 지금 그를 향해 공격해 오고 있는 자의 검 초식은 낙성검가 고유의 성명검법이 분명했다.

설무검은 지금 설영을 포위하고 있는 자들을 총지휘하는 자가 장도명이라고 알고 있다.

그런데 이곳에 낙성검사가 있다니, 전혀 예상하지 못했던 일이었다.

단해룡이 장도명에게 낙성검사를 내주었다고밖에는 생각할 수 없었다. 그것은 단해룡이 그만큼 장도명을 신임하고 있다는 뜻이었다.

쉬이이!

설무검을 향해 전방에서 비스듬히 쏘아 오르면서 곧장 공격해 오는 낙성검사의 일초식은 설무검이 보기에도 일류고수 수준을 훨씬 뛰어넘는 탁월한 것이었다.

물론 설무검은 이들 열 명이 낙성검가의 최정예인 낙성신검대 신검사라는 사실을 전혀 모르고 있다.

낙성신검대는 설무검이 권좌에서 물러난 이후 단해룡이 심혈을 기울여서 키운 조직이기 때문이다.

키이잇!

신검사는 쏘아오는 기세를 빌어 앞으로 쭉 검을 뻗으면서 순식간에 설무검의 상체 다섯 군데 요혈을 찔러왔다.

그의 검첨에서는 부싯돌을 부딪쳤을 때처럼 새파란 불꽃 다섯 개가 번뜩였다.

검기였다.

설무검의 예상대로 이들 열 명은 거의 절정고수에 가까운 실력자들이 분명했다.

축!

그 순간 설무검의 어깨에서 흐릿한 핏빛 혈광을 뿜으면서 혈마룡검이 뽑혔다.

그리고는 그의 손 안에서 혈마룡검이 가늘게 떨면서 웅웅! 울음을 토해내고 있었다.

혈마룡검은 지금 피를 원하고 있었다.

설무검은 자신의 상체 다섯 요혈을 향해 쏘아오는 다섯 개의 검기를 무시했다.

쿠우웃!

검기들이 그의 몸에 닿기도 전에 혈마룡검이 신검사의 이마 한복판을 갈랐다.

설무검을 공격했다가 이마가 쪼개진 신검사는 상대가 중천무림의 절대자였다는 사실을 모르고 있는 것이 분명했다.

만약 알고 있었다면 설무검을 혼자서 공격하는 무모한 행동 같은 것은 절대 저지르지 않았을 것이다.

한줄기 혈선이 신검사의 쪼개진 이마에서 시작되어 혈마룡검으로 반원을 그리며 이어지는 듯하더니 뚝 끊어진 직후 피 무지개, 즉 혈예가 눈을 두 번 깜빡거릴 짧은 시간 동안 나타났다가 사라졌다.

설무검은 혈마룡검이 신검사의 이마에 닿기도 전에 시선을 거두어 다른 곳을 보고 있었다.

빠르게 주위를 훑어본 것이다.

그리고 각기 다른 색의 옷을 입었지만, 가슴에 똑같이 달 하나씩이 수놓아져 있는 네 명이 자신을 향해 전방의 네 방향에서 쇄도해 오는 것을 발견했다.

장도명의 심복인 호신오월 중 홍월이 이끄는 네 명, 즉 호신사월이었다.

설무검은 그들이 신검사와는 달리 협공을 해오는 것으로 미루어 자신의 신분을 알고 있다고 짐작했다.

그것은 장도명이 이들에게는 설무검의 신분을 가르쳐 주었다는 뜻이었다.

설무검이 설영에게 보낸 비합전서를 장도명이 읽었다면 반드시 그를 찾아내서 죽여야만 할 것이다.

비합전서에는 설무검이 설영의 형이라는 내용이 있었다.

만약 단해룡이나 장도명이 설영의 진실한 신분을 알고 있다면, 설무검이 누구인지 짐작하는 것은 그다지 어려운 일이 아닐 터이다.

그들은 설영의 신분을 알게 된 것이 분명했다. 그렇지 않으면 지금 눈앞의 이들 네 명이 설무검을 협공할 리가 없다.

그러나 호신사월은 설무검의 신분을 알고 있는 것 같지만, 그의 실력에 대해서는 모르고 있는 듯했다.

그렇기 때문에 자신들 넷의 협공으로 설무검을 해치울 수 있으리라 여기고 덤벼드는 것이 아니겠는가.

호신오월은 장도명이 오랜 세월 동안 심혈을 기울여서 키웠다. 비록 절정고수는 아니지만, 그들 중 네 명이 협공을 한다면 단해룡 같은 초절정고수도 오십여 초 안에는 어쩌지 못할 터이다.

호신사월은 전방에서 두 명, 좌우에서 두 명이 순식간에 일장까지 쇄도하여 각자 전력을 다하여 설무검을 향해 자신들의 검을 찌르고 베어왔다.

웅!

머리 위로 치켜든 설무검의 혈마룡검이 다시 나직한 검명을 흘려냈다.

설무검이 혈마룡검에 공력을 주입시켰다는 뜻이고, 혈마룡검이 아직도 피를 원하고 있다는 뜻이다.

쿠아앗!

혈마룡검이 특유의 기음(奇音)을 흘리면서 전면의 두 명 중에 오른쪽 청월의 옆얼굴을 향해 수평으로 베어갔다.

그 속도는 가히 빛살처럼 쾌속해서, 호신사월이 공격해 오는 속도보다 두 배 이상 빨랐다.

스파아—

혈마룡검은 청월의 왼쪽 관자놀이를 반듯하게 수평으로 자르고 오른쪽 관자놀이로 빠져나왔다.

아직 자신의 머리 윗부분 삼분의 일이 통째로 잘라졌다는 사실을 인식하지 못하고 있는 청월이 눈을 깜빡이고 있을 때, 혈마룡검은 그의 왼쪽에서 공격해 오고 있는 녹월의 목을 향해 역시 수평으로 곧장 베어가고 있었다.

혈마룡검은 청월의 잘라진 관자놀이에서 흘러나온 핏줄기, 즉 한줄기 혈선을 검신에 가느다란 꼬리처럼 매단 채 녹월의 목마저도 간단하게 베어버렸다.

파아!

설무검은 원래 싸울 때 적의 공격을 피하거나 방어하는 것을 즐겨하지 않는다.

또한 적의 공격을 무시하는 특이한 버릇이 있다. 적보다 더 강하고 빠르다는 철저한 확신이 있기 때문이다.

찰나지간에 청월과 녹월 두 명을 죽인 설무검은 그것으로 만족하지 않았다.

그는 녹월을 벤 여세를 몰아 빙글 왼쪽으로 상체를 틀면서 자신의 왼쪽에서 공격해 오고 있는 자월을 향해 혈마룡검을 빛처럼 빠르게 그어갔다.

처음 청월을 벨 때와 비교해서 추호도 느려지지 않은 쾌속함이었다.

자월의 검은 이미 설무검의 다섯 자 앞까지 쇄도하고 있었고, 그의 검첨에서 뿜어진 검기가 설무검의 목 두 뼘 남은 거리에 도달해 있었다.

자월은 자신이 발출한 검기가 설무검의 목을 꿰뚫을 것이라고 확신했다.

그러면서도 그의 눈동자는 한껏 왼쪽 끝으로 굴러 자신을 향해 빛처럼 그어오는 혈마룡검을 향하고 있었다.

그의 검기는 설무검의 목 두 뼘 거리에 이르렀고, 혈마룡검은 아직 한 자 반 거리를 쏘아오고 있는 중이었다.

그런데도 그의 확신이 흔들리고 있었다. 아니, 무너져 내리고 있었다.

중천무림의 절대자인 검신을 죽이고 자신도 죽는다면 그보다 더한 영광은 없을 것이다.

자월이 쳐다보고 있는 사이에 혈마룡검은 어느새 자신의 목 반 자 거리에 이르러 있었다.

그런데도 그가 발출한 검기는 아직도 설무검의 목을 꿰뚫지 못하고 있었다. 고작 두 뼘 거리가 이처럼 멀다는 것을 그는 뼈저리게 실감하고 있었다.

자월이 살아생전에 마지막으로 본 것은 자신의 목 옆쪽으로 막 파고들고 있는, 혈마룡검에 연결되어 있는 두 줄기 긴 혈선이었다.

그것은 마치 혈마룡검 검신에 두 개의 핏빛 실이 묶여 있는 듯한 광경이었다.

그리고 자월은 그 두 개의 혈선 끝에서 녹월의 목이 잘리고, 청월의 머리 윗부분이 잘라지고 있는 광경을 보았다.

팍!

혈마룡검이 자월의 목을 자르고 반대편으로 빠져나오자 혈선이 세 개가 됐다.

원래 혈마룡검이 만들어낸 혈선은 눈 한 번 깜빡이는 사이에 나타났다가 사라지고 만다.

설무검은 눈 한 번 깜빡이기도 전에 세 명을, 그것도 호신오월의 삼월(三月)을 죽인 것이다.

설무검의 오른쪽에서 공격해 가고 있던 홍월은 그가 찰나지간에 청월과 녹월, 자월을 죽이는 광경을 두 눈으로 생생하게 목격했다.

실로 경악할 일이었다. 너무 놀라서 머릿속이 마구 헝클어져서 아무 생각도 떠오르지 않았다.

그녀는 천하 무림에 호신오월 세 명을 단 일 초식으로 죽일 수 있는 인물이 존재할 것이라고는 단 한 번도 생각해 본 적도 없었다.

그런데 그런 인물을, 그리고 그 광경을 자신의 눈으로 직접 똑똑히 목격한 것이다.

그렇지만 그녀는 놀랐을지언정 추호도 겁을 먹지는 않았다.

왜냐하면 그녀의 검에서 발출된 한줄기 검기가 지금 막 설무검의 등 한복판을 찌르고 있는 중이기 때문이었다.

그러므로 겁을 집어먹기보다는 오히려 중천무림의 절대자 검신을 자신의 손으로 죽이고 있다는 쾌감 때문에 온몸이 짜릿짜릿할 지경이었다.

그러나 다음 순간 그녀는 자신이 발출한 검기가 허공을 스쳐 가고 있는 것을 발견했다.

분명히 검기가 설무검의 등을 찌르고 있는 것을 두 눈으로 보고 있었는데, 표적인 설무검이 그녀가 뻔히 보고 있는 사이에 홀연히 사라져 버린 것이다.

"……."

다음 순간 홍월은 알몸에 얼음물을 뒤집어쓴 것처럼 온몸에 소름이 쫙 끼쳤다.

　기회가 사라지고 나면 그다음은 위기다. 그것은 변하지 않는 영원한 철칙 같은 것이다.

　방금 전에 느꼈던 짜릿짜릿한 쾌감 같은 것은 어느새 깡그리 사라져 버렸다.

　그 대신 죽음의 짙은 그림자가 홍월을 엄습했다. 지금 새삼스럽게 설무검이 어디로 사라졌는지 두리번거리면서 찾는 것은 부질없는 짓이다.

　이 순간 설무검은 홍월 자신을 향해서 이미 초식을 펼쳤을 것이라고 판단해야 옳았다.

　생각이 거기에 미쳤을 때, 홍월은 앞뒤 생각할 것 없이 온 힘을 다해서 땅을 향해 몸을 내던졌다.

　퍽!

　그녀의 왼쪽 어깨가 바닥에 먼저 닿으면서 얼굴이 풀 더미에 파묻혔다.

　팍!

　그 순간 한줄기 싸늘한 핏빛 검기가 그녀의 뺨 살갗을 살짝 스치면서 땅에 적중됐다.

　잘려진 마른풀과 흙이 부스스 튀어 오를 때, 홍월은 그보다 빨리 한쪽 방향으로 쏜살같이 쏘아갔다. 이럴 때는 도망치는 것이 최선의 방법이다.

　그녀는 뒤도 돌아보지 않고 혹시 가해올지 모르는 다음 공

격을 피한답시고 갈지자로 번개같이 움직이면서 죽을힘을 다
해 도망쳤다.

설무검은 홍월의 검기가 등을 찌르기 직전에 수직으로 반
장 정도 솟구쳐 오르는 도중에 가볍게 그녀를 향해 혈마룡검
을 떨쳤었다.

그 순간에 만약 홍월이 땅을 향해서 몸을 내던지지 않았더
라면, 혈마룡검에서 발출된 검기가 정확하게 그녀의 정수리
에 꽂혔을 것이다.

설무검은 지상에서 이 장 높이의 허공중에 우뚝 선 채 달아
나고 있는 홍월을 쳐다보았다.

그때 그는 사면팔방에서 수백 명이 풀숲을 헤치며 파도처
럼 공격해 오는 것을 발견했다.

수십 장 밖에서 원형의 포위망을 형성한 채 대기하고 있던
자들이었다.

설무검은 재빨리 사방을 휘둘러 보았다.

대략 삼백여 명.

입고 있는 복장이나 달려오는 움직임으로 미루어 정파나
중천무림의 고수는 아니었다.

그렇다면 장도명의 수하들, 즉 사파 고수들이라고 설무검
은 판단했다.

그의 시선이 다시 홍월에게 향했다. 그녀는 오류 장 밖을

죽을힘을 다해서 도주하고 있었다.

사파 고수들이 그녀의 전면에서 몰려오고 있었지만 그녀의 눈에는 보이지 않는지 멈추려고 하지 않았다.

사파 고수들이 파도처럼 쫙 갈라진 틈으로 그녀는 쏜살같이 빠져나갔다.

직후, 그녀는 신형을 멈추면서 휙 설무검을 돌아보았다.

그녀의 얼굴에는 이 정도 도망쳤으면, 그리고 사파 고수들 뒤쪽에 있으면 조금쯤은 안심해도 되겠지 하는 안도의 표정이 떠오르고 있었다.

그러나 그런 표정이 채 자리를 잡기도 전에 그녀의 얼굴에 경악지색이 떠오르기 시작했다.

그녀는 설무검이 자신을 향해 왼팔을 쭉 뻗고 있는 것을 발견했다.

그리고 다음 순간, 눈앞에서 무엇인가 번쩍하고 강한 청광이 빛나는 것을 보았다.

'지풍(指風)!'

설무검이 발출한 것은 경세적인 지풍 섬탄지였다.

그 순간 그녀는 본능적으로 다급히 상체를 비틀면서 있는 힘을 다해서 고개를 젖혔다.

퍽!

"악!"

그러나 왼쪽 눈에 뜨겁게 달군 인두로 지진 것처럼 화끈한 느낌이 엄습했다.

그러나 그녀는 어떻게 된 것인지 확인할 만한 마음의 여유조차 없었다.

다만 자신이 아직 죽지 않았다는 것. 살기 위해서는 도망쳐야 한다는 생각만 어렴풋하게 들 뿐이었다.

다음 순간 그녀는 젖 먹던 힘을 다해서 달리기 시작했다. 얼굴에서 흘러내린 피가 눈을 덮어 앞이 잘 보이지 않았다.

어디로 가야 하는지도 모르고 그저 달렸다. 그 순간 그녀를 지배하는 것은 오직 한 가지뿐이었다. 그것은 생전 처음 경험하는 치 떨리는 공포였다.

설무검은 재빨리 상황을 살폈다. 양궁표와 현조운, 반호, 고선, 금록이 각기 한 명씩의 신검사를 상대로 치열하게 싸우고 있었다.

그리고 나머지 네 명의 신검사를 상대로 단랑, 오장보, 염탕과 결사칠위의 여섯 명, 곽정, 명한 등이 합세하여 싸우고 있는 중이었다.

얼핏 보기에도 신검사들이 절대적으로 불리했다. 신검사들은 열 명이 합공을 하면 단해룡과 팽팽하게 평수를 유지한다고 했다.

그러나 양궁표와 현조운, 반호 세 사람 정도면 단해룡과 평수를 이룰 수 있을 것이다.

그러니 애초부터 신검사들은 양궁표 등의 적수가 되지 못했던 것이다.

더구나 양궁표와 형제들, 현조운은 설무검이 전수해 준 절세적인 무공, 초일검류와 겁풍작뢰권으로 무장되어 있으니 어찌 신검사들이 상대가 되겠는가.

"으악!"

"크악!"

그때 양궁표가 상대하던 신검사의 이마 한복판에 이룡검을 쑤셔 넣은 것을 필두로, 나머지 신검사들이 처절한 비명을 지르면서 속속 죽어갔다.

포위망을 좁히면서 달려오고 있는 삼백여 명의 사파 고수들은 십여 장 거리에 도달해 있었다.

그사이에도 신검사들은 연이어 비명을 지르며 쓰러지고 있었다. 하지만 아직 두 명이 남아서 사력을 다해 버티고 있는 중이었다.

설무검은 삼백여 명의 사파 고수들이 당도하기 전에 자신들 쪽에서도 준비를 갖추고 있어야 한다고 판단했다.

맹수는 하찮은 여우 한 마리를 상대할 때에도 최선을 다해야 하는 것이다.

쐐액!

설무검이 왼손을 뻗자 검지와 중지에서 작은 폭발을 일으키는 듯한 두 줄기 섬광이 뿜어졌다.

섬탄지다.

퍽! 퍽!

두 줄기 섬탄지는 삼 장쯤 쏘아가서 아군 사이를 교묘하게 파고들어 가 신검사 두 명의 머리에 명중, 관통시켰다.

신검사 두 명의 상체가 뒤로 확 젖혀지면서 몸이 허공으로 붕 떠올랐다가 반 장 밖에 내동댕이쳐졌다.

섬탄지에 적중되어 죽기 전에도 두 명의 신검사는 온몸 여러 군데에 중상을 입은 채 사력을 다해서 버티고 있었다.

신검사들이 모두 죽자 양궁표 등과 결사칠위, 곽정, 고선, 명한 등은 일제히 설무검을 주시했다.

사파 고수들이 지척까지 쇄도하고 있었지만 아랑곳하지 않았다. 설무검의 명령을 듣기 위해서다.

"모두 네 개의 조로 묶어 서로 등진 상태에서 네 방향의 적을 맞아 싸운다."

설무검의 지시에 따라 십육 명은 일사불란하게 네 개의 조로 나누어져 동서남북을 향해 나란히 늘어섰다.

야산이 있는 남쪽을 향해서 천신처럼 우뚝 서 있는 설무검이 오 장여까지 쇄도한 사파 고수들을 응시하면서 나직한 어조로 지시했다.

"다수의 적을 상대할 때에는 반드시 적을 죽이려고만 들면
안 된다. 될 수 있는 한 적에게 일 초식 이상을 사용하지 마
라. 그 일 초식으로 적을 무력화시켜라."

싸움의 목적은 승리에 있다. 그러자면 최소한의 동작으로
최대한 많은 적을 살상해야만 한다.

한 명의 적에게 여러 차례의 공격을 퍼붓는 것은 비효율적
이고, 그러한 동작들이 누적되다 보면 결국 싸움에서 패할 수
도 있는 것이다.

일 초식을 전개하여 최상은 적의 목숨을 끊는 것이다. 그러
나 그것이 여의치 않을 때에는 반드시 적을 무력화시켜야 한
다는 뜻이다.

즉, 적이 다시는 일어나지 못할 정도의 중상을 입히거나 다
리를 자르라는 것이다.

예전의 설무검은 검신일 뿐만 아니라 싸움의 신. 전신(戰
神)이기도 했었다.

그는 이삼 장까지 쇄도하고 있는 사파 고수들을 향해 태산
처럼 우뚝 서 있었다.

그의 얼굴에서는 눈곱만큼의 긴장감도 찾을 수 없었다. 그
저 냉엄한 모습일 뿐이었다.

그를 닮아서인지 양궁표 형제들과 현조운, 결사칠위, 곽정,
고선과 명한의 얼굴도 편안해 보였다.

축!

설무검이 오른손을 들어 올려 혈마룡검을 뽑았다.

양궁표를 비롯한 모두는 검을 움켜잡고 눈을 부릅떴다.

쉬이익!

다음 순간 설무검을 비롯한 십칠 명은 코앞까지 닥쳐온 사파 고수들을 향해 곧장 마주쳐 나갔다.

파파아아—

설무검은 최초의 사파 고수의 목을 자른 후 성큼성큼 걸어나가면서 전후좌우로 혈마룡검을 휘둘렀다.

그의 동작은 군더더기 하나 없이 지극히 간명했다.

추호도 불필요한 동작이 없었다.

예비 동작도, 적을 죽이고 나서의 마무리 동작 같은 것도 하지 않았다.

그러므로 초식이 필요없었다.

이따위 허접쓰레기 같은 사파 고수 따위들에게까지 초식을 사용한다는 것은 낭비다.

다만 찌르고, 베고, 또 찌르고 베는 기초적인 연결 동작만이 있을 뿐이었다.

설무검의 혈마룡검은 정확하게 사파 고수의 급소만을 찌르고 베었다.

원래 혈마룡검은 몸의 어느 부위든 작은 상처만 내도 그곳으로 피를 모조리 빨아내서 상대를 한 움큼의 재로 만들어 죽이지만, 설무검의 수법은 적의 목을 자르거나 심장을 찌르고 정수리를 쪼개는 등 너무도 확실했다.

이들이 사파의 쟁쟁한 고수들이라고는 하지만, 설무검 앞에서는 한낱 오합지졸에 불과하다.

장도명은 설무검을 지나치게 과소평가했다.

솔개가 높이 나는 이유를 장도명 같은 병아리가 어찌 짐작이라도 하겠는가.

바야흐로 평원 한복판에서 십칠 대 삼백의 혈전이 벌어지고 있었다.

그 참혹함에 바람도 겁을 먹은 채 숨을 죽였고, 태양은 차마 볼 수 없다는 듯 구름 속으로 숨어들었다.

싸움이 벌어지고 있었지만, 무기끼리 부딪치는 요란한 소리 같은 것은 거의 들리지 않았다.

강자가 약자를 상대할 때는 별로 무기끼리 부딪치지 않는다.

그럴 필요가 없기 때문이다.

평원에는 그저 끊임없이 이어지는 처절한 비명 소리와 짙은 피 냄새만이 주위를 진동시키고 있었다.

第七十七章
살아서 돌아와

장도명은 입맛이 조금 썼다.

설영 일행 네 명이 남기고 간 막대한 피해 때문이었다. 그들 단 네 명이 장도명의 수하를 이백오십 명이나 주살했고, 팔십 명을 불태워 죽였다.

어이없게도 겨우 네 명에게 무려 삼백삼십 명이나 떼죽음을 당한 것이다.

장도명은 수하에게 최종적으로 그 사실을 보고받고 나서 씁쓸한 기분을 금할 수가 없었다.

그렇다고 수하 삼백삼십 명의 죽음을 안타까워할 만큼 장도명은 자비로운 사람이 아니다.

한 손에 사파와 녹림을 틀어쥐고 있는 그에게 삼백삼십 명의 목숨 따윈 커다란 술항아리에서 한 잔의 술을 떠낸 정도에 불과했다.

만약 그 삼백삼십 명이 배를 타고 가다가 배가 뒤집혀서 모조리 물귀신이 됐다는 보고를 들었다면 아무렇지도 않았을 장도명이다.

그가 기분이 나쁜 이유는 삼백삼십 명을 죽인 것이 설영이기 때문이었다.

설영과 조금이라도 연관이 있는 것이라면 무엇이든 증오스러웠고 깨부수고 싶었다.

장도명이 설영을 미워하게 된 계기는, 낙영루에서 혼절해 있는 설영을 겁탈하려다가 그가 남자라는 사실을 알게 된 직후부터일 것이다.

여자를. 그것도 어린 계집아이를 병적으로 호색하는 장도명에게 그것은 꽤 큰 충격일 수 있었다.

그리고 며칠 후에 그는 너무도 어이없이 설영에게 왼팔을 잘리고 말았다.

그때부터 그에게 설영은 철천지원수가 되었다. 그놈을 잡아서 온갖 수모와 치욕을 안겨준 다음에 살려달라고 싹싹 빌게 만들고는 가차없이 갈가리 찢어 죽이는 것이 지금 그가 바라고 있는 바였다.

장도명은 사패황이 설영을 산 채로 잡아올 것이라고 기대하면서 쓸쓸한 기분을 애써 삭이고 있었다. 사패황이라면 그를 오래 기다리게 하지는 않을 것이라고 믿었다.

그는 야산의 북쪽 자락에 놓인 교자 위에 책상다리를 하고 올라앉아 있었다.

등 뒤에서는 야산 전체가 기세 좋게 활활 타오르고 있는 중이었으나 그는 조금도 개의치 않았다. 오히려 쌀쌀한 날씨에 등이 따뜻해서 좋았다.

그는 전방 저 멀리 평원을 응시하고 있었다. 육안으로 보이지는 않지만 저곳 어디에선가 호신사월을 비롯한 자신의 수하들과 열 명의 신검사들이 중천무림의 절대자였던 검신과 싸우고 있을 것이다.

'음?'

그때 평원을 쳐다보고 있던 장도명은 한 사람이 이쪽으로 곧장 달려오고 있는 것을 발견했다.

처음에는 하나의 점처럼 작고 희미했지만 잠시 후 그것이 사람이고, 또 누군지 알아볼 수 있게 되었을 때 그의 얼굴에 가벼운 놀라움이 떠올랐다.

'홍월!'

틀림없는 호신오월의 우두머리이며 그의 애첩을 겸하고

있는 홍월, 그녀였다.

장도명은 홍월의 얼굴이 피투성이인 것을 발견하고 더럭 불길한 예감이 들었다.

어쩌면 호신사월과 열 명의 신검사, 삼백 명의 사파 고수가 모조리 설무검에게 당했을지도 모른다는, 믿어지지 않는 생각이 뇌리를 스친 것이다.

아쉬울 때마다 늘 품에 끼고 살며 몸을 섞었던 애첩이 다쳤다는 사실에는 추호도 관심이 없었다.

홍월은 얼굴 전체가 피투성이라서 어딜 어떻게 다쳤는지 알 수가 없었다.

그러나 그것보다는, 그녀의 얼굴에 가득 떠올라 있는 것이 마치 귀신이라도 본 듯한 공포에 질린 표정이어서 장도명을 더욱 불안하게 만들었다.

이윽고 홍월이 삼사 장 전면까지 달려오고 있었다. 그런데 어찌 된 일인지 그녀는 장도명을 발견하지 못한 듯 부딪칠 것처럼 곧장 달려들었다.

장도명은 움찔했다.

탁!

그녀의 몸이 교자에 거세게 부딪치면서 교자를 부수며 허공으로 튕겨져 올랐다가 야산 쪽으로 날아갔다.

장도명은 교자가 부서질 때 훌쩍 몸을 날려 가볍게 땅에 내려서자마자 홍월을 쳐다보았다.

“저런 미친년⋯⋯.”

순간 장도명의 얼굴이 보기 싫게 일그러졌다.

홍월은 활활 불타고 있는 야산의 끝자락 불구덩이 안에 떨어진 채 옷에 불이 붙어 타고 있었다.

그런데도 전혀 뜨거움을 못 느끼는지 멍하니 하늘을 향해 누워 있을 뿐이었다.

장도명은 번쩍 몸을 날려 불구덩이 속으로 뛰어들어 홍월의 뒷덜미를 잡고서 다시 부서진 교자 옆으로 돌아와 그녀를 땅에 던지듯 내려놓았다.

그러자 교자를 메는 수하 두 명이 황급히 홍월의 옷에 붙은 불을 꺼주었다.

머리카락과 옷이 거의 다 탄 상태인데도 그녀는 넋을 잃은 채 땅바닥에 퍼질러 앉아 있었다.

“홍월! 너는⋯⋯.”

장도명의 인상이 더욱 일그러졌다. 그는 막 호통을 치려다가 멈추고 시선을 그녀의 얼굴에 고정시켰다.

홍월의 왼쪽 눈에서 피가 콸콸 쏟아져 나오고 있었다.

그리고 눈 아래에서 무엇인가 커다란 구슬 같은 것이 하얀 줄에 매달린 채 이리저리 흔들거렸다.

장도명은 그것이 홍월의 왼쪽 눈에서 빠져나온 눈알이라

는 사실을 깨닫고 움찔했다.

그는 홍월에게 다가가 앞에 웅크리고 앉아 그녀의 얼굴을 자세히 들여다보았다.

검에 찔렸는지 암기에 꽂혔는지는 모르겠지만, 무언가 날카로운 것이 그녀의 왼쪽 눈에서 관자놀이까지 일직선으로 꿰뚫은 것이 분명했다.

만약 정면으로 찔렸다면 머리가 관통되어 그대로 즉사했을 것이 분명했다.

"홍월! 어떻게 된 거냐? 무슨 일이냐?"

장도명은 자신의 불길한 생각이 맞지 않기를 바라면서 홍월의 어깨를 잡고 세차게 흔들었다.

그러자 그녀의 뺨에 매달린 커다란 눈알이 후두두 피를 뿌리면서 심하게 대롱거렸다.

"으으……."

홍월은 여전히 정신을 차리지 못하고 침을 질질 흘리며 몸을 바들바들 떨 뿐 대답을 하지 못했다.

철썩!

"이년! 정신 차려라!"

장도명이 홍월의 뺨을 세차게 후려갈겼다. 그녀의 입에서 핏물이 확 뿜어졌다.

"단… 주……."

그제야 정신이 드는지 홍월은 몽롱한 눈으로 장도명을 쳐다보았다.

"어떻게 됐느냐? 설무검과 싸웠느냐?"

"흐으으…… 그자는 인간이 아닙니다……."

"무슨 헛소리냐?"

홍월은 설무검을 떠올리는 것이 너무도 공포스럽다는 듯 두 손으로 얼굴을 감싸고 고개를 마구 흔들었다.

"으으… 우리들… 네 명이 그자를 합공했는데……. 청월… 녹월… 자월을… 단 일 초식에… 모조리 목을 잘랐습니다…… 속하는 겨우 목숨을 건져서…. 으으……."

장도명은 아연실색하고 말았다.

호신사월이 설무검을 합공했는데 단 일 초식으로 셋을 죽이고 한 명은 눈알을 뽑아 미치광이로 만들어 버리다니, 쉽사리 믿어지지가 않았다.

천하에 그 정도의 초절고수(超絶高手)가 존재한다는 말은 들어본 적이 없었다.

"신검사들은 어찌 됐느냐?"

"모르겠어요…. 모두 죽었을 거예요……. 그자에겐 그 누구도 상대가 안 돼요……. 그자는 인간이 아니예요……."

장도명은 가볍게 휘청거리면서 일어나 홀린 듯이 평원을 쳐다보았다.

“무슨 헛소리!”

순간 그는 와락 오만상을 찌푸렸다.

호신사월은 죽었다지만 아직 열 명의 신검사와 삼백 명의 사파 고수들이 있다.

그뿐인가. 사파 고수 따위하고는 비교도 되지 않는 실력의 천사십진의 사진 백 명까지 보냈다.

“명을 받으라.”

문득 장도명은 허리를 꼿꼿하게 펴며 나직이 외쳤다.

스슷―

“하명하십시오, 주군.”

다음 순간 장도명 면전에 흐릿한 흑색 운무가 피어나는 듯하더니 운무는 곧 한 명의 흑의인으로 변해 무릎을 꿇고 머리를 조아렸다.

장도명을 ‘단주’ 라고 호칭하는 자들은 혈월단 수하이고, ‘주군’ 이라 칭하는 자들은 사파인들이다.

장도명의 측근에 몇 개의 조직이 도사리고 있는지 정확하게 알고 있는 사람은 장도명 본인뿐이다.

그들은 밤낮없이 장도명의 주위에서 그를 호위하고 또 명을 받들고 있다.

그렇지만 장도명은 낙양성에서만큼은 그들을 거느리고 다닐 수가 없었다.

낙양성은 중천무림 한복판이다. 그런 곳에서 해적이나 사파인들을 거느리고 다닌다는 것은 폭약과 불덩이를 함께 안고 다니는 것이나 다름이 없는 것처럼 우매한 짓이다.

더구나 낙성검가 같은 곳에 수하들을 데리고 들어갔다 가는 장도명의 원대한 야망 같은 것은 일찌감치 포기할 수밖에 없을 것이다.

"사패황이 데리고 간 오진 삼백 명을 제외하고, 현재 이곳에 수하가 얼마나 되느냐?"

"사파인만 하문하시는 것입니까?"

"전부 말이다! 전부!"

장도명은 버럭 소리를 질렀다.

"사파 육백 명에 녹림 이천 명. 도합 이천육백 명입니다."

"그들을 모조리 저곳으로 보내라."

부복하고 있던 흑의인은 조심스럽게 고개를 돌려 장도명이 가리키고 있는 평원의 북쪽을 쳐다보고 나서 다시 이마를 땅에 박았다.

"존명!"

고개를 깊이 숙인 흑의인이 나타날 때처럼 흐릿한 흑영만 남긴 채 사라지고 나서, 장도명은 득의한 미소를 흘리며 평원의 끝을 쳐다보았다.

"호호호…… 중천절, 네가 과연 삼천 명이나 되는 내 수하들을 어떻게 상대하는지 두고 보겠다."

*   *   *

설영 일행이 당하현을 향해 한 번도 쉬지 않고 달리면서 몇 차례나 뒤돌아보며 확인을 거듭했지만, 추격하는 자들은 한 명도 없었다.

그래서 그들은 자신들이 제대로 추격을 따돌린 것이라고 안심했다.

설영 일행이 당하현에 도착했을 때에는 어둑어둑 땅거미가 지고 있는 저녁나절이었다.

그들은 행인에게 물어 당하현에 있는 백봉령루 중 한 곳인 월한루로 찾아갔다.

설영 일행이 당하현으로 들어선 것은 생사를 건 모험이었다.

사람이 많은 현 내에서는 설영 일행처럼 무기를 지닌 무림 고수들, 더구나 옷과 몸이 불에 타고 그을린 모습은 쉽게 눈에 띄기 마련이다.

장도명의 수하들에게 추격당하고 있는 상황에서 당하현으로 들어온 것은 그래서 위험천만한 일이었다.

하지만 죽어가는 철염을 그대로 보고만 있을 수가 없었다.

그를 살릴 수만 있다면, 설영은 그 어떤 위험이라도 감수할
각오였다.

"죽지는 않을 것이오. 그러나……."
월한루주가 급히 데리고 온 현 내의 의원이 한 시진에 걸쳐
철염을 치료하고 나서 설영에게 운을 떼었다.
설영과 단소예, 정미는 의원을 주시했다. 그들의 얼굴에는
제발 의원이 절망적인 말만은 하지 말아주기를 간절하게 바
라는 표정이 역력했다.
"오랫동안 절대적인 안정과 정양이 필요하오. 그래야지만
목숨을 부지할 수 있소."
"목숨을 부지하다니……. 그렇다면 설마 완치가 불가능하
다는 것이오?"
해연히 놀란 표정인 설영의 물음에 경륜이 풍부한 노의원
은 잠시 생각에 잠겼다가 침상에 혼절해 있는 철염을 보면서
반문했다.
"저 사람은 무림인이오?"
"그렇소."
"저 사람의 살과 뼈는 물론이고, 체내의 내장과 장기들까
지도 열기(熱氣)에 많이 손상됐소. 그러니 저 사람이 깨어나
서 스스로 운공을 하여 열기를 몸 밖으로 배출한다면 삼사 년

후에는 완치될 것이오.”

“삼사 년씩이나?”

설영 등은 적잖이 놀랐다.

“만약 저 사람이 무림인이 아니었다면 고통 속에서 고생만 하다가 끝내 죽거나 평생 자리보존한 채 누워서 지내야만 할 것이오.”

말인즉, 무림인이기 때문에 운공조식으로 체내의 열기를 배출시켜서 완치에 이를 수 있다는 뜻이었다. 그렇지만 그 기간이 삼사 년이나 걸린다는 것이다.

“저 사람의 공력이 심후하면 할수록 완치되는 기간이 단축될 것이오. 일단 내가 할 수 있는 치료는 다 했소. 앞으로 환자를 하루에 두 번씩 찬물에 일각 동안 담그고, 그 이후에 여기 약을 두고 갈 테니까 화상에 고루 바르고 깨끗한 천으로 잘 싸주도록 하시오.”

“공력이 심후하면 치료 기간을 얼마나 단축할 수 있소?”

“노부는 저 사람의 공력을 사오십 년 정도로 보았소. 혹시 그보다 높소?”

보통 무림인들의 평균적인 공력이 그 정도이므로 의원은 철염도 그 수준일 것으로 짐작한 것이다.

“모르긴 해도 일 갑자는 훨씬 넘을 것이오.”

“음! 그렇다면 완치 기간을 삼분의 일이나 반쯤 단축할 수도 있겠군."

삼 년의 반이라고 해도 일 년 반이나 된다. 설영은 철염이 일 년 반 동안이나 꼼짝도 하지 못하고 침상에 누워 있어야 한다는 생각에 가슴이 답답했다.

더구나 운공을 하려면 철염이 깨어나야 할 텐데, 지금 상태로는 언제 깨어날지도 모르는 상황이 아닌가.

"꼭 본인이 운공조식을 해야만 하는 것이오?"

의원은 설영 일행이 어깨에 검을 메고 있는 것을 둘러보면서 물었다.

"그대들도 무림인이오?"

"그렇소."

"그렇다면 저 사람이 깨어날 때까지 그대들이 공력으로 저 사람 체내에서 열기를 뽑아낼 수도 있소. 물론 본인이 운공을 하는 것만은 못하겠지만, 아무것도 하지 않는 것보다는 큰 도움이 될 것이오."

의원의 조언에 설영 등은 비로소 조금은 안도하는 마음이 될 수 있었다.

자신들이 철염을 위해서 무언가를 해줄 수 있다는 사실이 적잖이 위안이 돼주었다.

설영 등은 임시로 월한루주의 방을 사용하고 있었다.

월한루주가 설영과 단소예, 정미 등에 대해서 무엇을 얼마나 알고 있는지는 모르지만 극진한 대접에 상전을 모시듯 매사에 소홀함이 없는 것으로 미루어, 한효령이나 은자랑의 지시가 있었던 듯했다.

설영 일행은 월한루에 들어올 때 입구를 통하지 않고 뒷담을 넘어 잠입한 후에 삼층에 있는 월한루주의 방으로 곧장 올라가서 그녀를 깜짝 놀라게 만들었었다.

어쨌든 설영 일행이 월한루에 있다는 것은 현재로서는 월한루주 혼자만 알고 있는 사실이었다.

단소예는 철염이 누워 있는 침상 곁에 의자를 끌어다가 놓고 앉아서 그의 등에 손바닥을 대고 부지런히 열기를 빨아내느라 여념이 없었다.

철염은 온몸에 심한 화상을 입었지만, 특히 몸의 뒤쪽이 몹시 심해서 똑바로 눕지 못하고 엎드려 놓은 상태였다.

"상공, 혹시 마지막 비합전서를 받아보지 못했습니까?"

설영이 단소예 뒤에서 물끄러미 철염을 응시하고 있을 때 월한루주가 다가와서 조심스레 물었다.

그녀는 설영 일행이 이곳까지 온 것 때문에 그렇게 생각한 것이었다.

그녀의 예상으로는, 설영이 설무검이 보낸 마지막 비합전서를 읽었더라면 지금쯤 설무검과 함께 있거나 야산의 은밀한 곳에 숨어 있어야만 했다.

그녀의 말을 듣고서야 설영은 퍼뜩 정신을 차렸다.

"그것을 루주가 어떻게 아시오?"

월한루주의 얼굴에 초조함이 떠올랐다. 그녀는 한 장의 종이를 설영에게 공손히 내밀면서 설명했다.

"백봉령루는 전달받고 보내는 모든 비합전서의 내용을 만약을 위해서 한 부씩 필사(筆寫)해 둡니다. 이것이 바로 상공에게 보낸 마지막 비합전서의 필사본입니다."

그녀는 설무검이 마지막으로 설영에게 보낸 비합전서를 필사하면서 읽었던 것이다.

설영은 월한루주의 손에서 서찰을 뺏듯이 건네받아 급히 읽기 시작했다.

이윽고 서찰을 세 번이나 되풀이해서 읽고 난 그는 착잡한 표정이 되었다.

남풍이 불기 때문에 야산에 불을 지른 후 남쪽 기슭으로 가서 은밀한 장소에 숨어 있으라는 내용이었다.

서찰의 내용대로라면 지금쯤 형 설무검은 야산에 당도하여 설영을 찾고 있거나, 아니면 장도명의 수하들과 싸우고 있을 것이 분명했다.

장도명의 수하들은 천 명이 넘는다. 아니, 야산 바깥에도 포위망을 쳐 두었으므로 그들까지 합치면 이천 명이 넘을지도 모른다.

설무검이 얼마나 되는 조력자들을 이끌고 왔는지는 모르지만 그리 많지는 않을 것이다.

그러므로 아무리 사파 고수며 녹림 무리라고는 하지만 이천 명을 상대로 싸우는 것은 무리다.

설무검은 설영이 야산에 불을 지른 후 야산 남쪽 은밀한 장소에 숨어 있는 줄 알고 싸우고 있는 것이다. 말하자면 불필요한 싸움을 하고 있는 중이다.

설영은 설무검이 보낸 서찰을 읽지는 못했지만, 야산에 불을 지른 것은 우연의 일치로 맞아 떨어졌다.

그렇지만 야산 남쪽에 숨어 있지 않고 포위망을 뚫고 이곳 월한루까지 오고 말았다.

설무검은 야산에 불이 난 것을 보고는 설영이 서찰의 내용대로 행동하고 있는 것이라고 오해할 수도 있다. 아니, 당연히 그렇게 생각할 것이다.

그러므로 어떻게 해서든 지금 설무검이 불필요한 싸움을 하고 있다는 사실을 알려서 당장 싸움을 멈추고 그곳을 빠져나오게 해야 하는 것이다.

"내가 이곳에 있다는 사실을 빨리 형님께 알리시오."

마음이 급해진 설영이 재촉하자 월한루주가 조용히 대답했다.

"상공이 이곳에 도착한 것을 보고 일이 잘못됐다는 사실을 깨닫고 즉시 비합전서를 보냈어요. 그런데도 아직 답장이 없는 것으로 봐서는……."

월한루주는 아까 의원이 철염을 치료하고 있을 때 이미 설무검에게 비합전서를 보냈었다.

그것이 두 시진 반 전의 일이다. 만약 설무검에게 별일이 없다면 벌써 답장이 도착했어야 한다.

"아직 답장이 오지 않았소?"

설영은 답장이 없었을 것이라고 짐작하면서도 혹시나 하는 마음으로 물었다.

"오지 않았어요."

이어서 월한루주는 충격적인 사실 하나를 더 알려주었다.

"그쪽으로 보낸 수하의 보고에 의하면, 현재 야산의 북쪽 삼십여 리 지점 평원에서 싸움이 진행 중이라고 합니다. 사파와 녹림 무리들이 무려 이천육백여 명 정도 운집하여 그 일대를 가득 메우고 있다는군요."

이곳 월한루는 봉황단이 보유하고 있는 백봉령루의 팔십오봉추 중 한 곳이라서 지부인 십오봉령 정도의 규모는 아니지만 십여 명 남짓한 호위고수들을 거느리고 있었다.

월한루주는 설무검과 설영의 비합전서를 자신이 전달해 주기 시작한 시점에서부터 호위고수들을 설영이 오고 있는 방향으로 보냈었다.

그들이 장도명의 수하들을 뚫고 들어가서 설영 일행을 돕지는 못하지만, 먼발치에서 본 상황들을 월한루로 알리는 역할만큼은 충실하게 수행했던 것이다.

설영은 복잡한 표정으로 잠시 생각에 잠겼다.

이 상황에서 과연 어떻게 해야 좋을지 고심했지만 마땅히 좋은 생각이 떠오르지 않았다.

지금 당장 달려가고 싶은 마음이 굴뚝같았으나, 조금 전에 겨우 사지에서 빠져나왔는데 또다시 단소예와 정미를 데리고 사지로 뛰어들 수는 없었다.

더구나 철염을 저대로 방치한다는 것은 생각조차 할 수 없는 일이었다.

그러나 형 설무검이 지척에 있는데, 게다가 위험에 빠져 있다는 사실을 뻔히 알고 있으면서도 이대로 가만히 있는 것은 피를 말리는 고문이나 같았다.

이제는 죽어도, 그리고 살아도 형과 헤어질 수 없다는 것이 설영의 각오였다.

꽤 오랜 고심 끝에 이윽고 설영은 결정을 내렸다. 아니, 사실 처음부터 결론은 나와 있었다. 자신 혼자서 형에게 갈 생각인 것이다.

그러기 위해서는 단소예와 정미, 철염을 먼저 안전하게 만들어야만 할 것이다.

단소예는 구슬땀을 흘리면서 공력을 끌어올려 철염의 몸에서 열기를 뽑아내고 있었다.

그녀는 추호도 공력을 아끼지 않았다. 그녀의 지금 심정 같아서는 자신이 공력을 잃는 한이 있더라도 철염을 하루 빨리 완치시키고 싶었다.

철염은 그녀에게 아버지와 같은 존재였다. 그를 잃는다면 단소예는 아마 그 고통을 견뎌내지 못할 터이다.

그녀는 벌써 반 시진이 넘도록 철염의 치료를 지속하고 있는 중이었다.

그녀 뒤에서 정미가 차례를 기다리고 있었지만 단소예는 치료를 멈출 기미가 보이지 않았다.

단소예의 안색은 창백했으며 땀을 흘렸고, 몸이 가늘게 떨리고 있었다. 한계에 도달한 증거였지만, 그래도 그녀는 그만둘 생각을 하지 않았다.

그녀를 그대로 놔둔다면 공력이 고갈되어 쓰러지거나 주화입마에 들 것이 분명했다.

"소예, 이제 그만 해."

그것을 발견한 설영이 단소예를 격동시키지 않으려고 곁으로 다가가서 조용히 말하자 그녀는 가볍게 놀라는 표정으로 감고 있던 눈을 가만히 떴다.

그제야 그녀는 자신이 공력을 도에 지나치게 쏟아내어 고갈되어 가고 있다는 사실을 깨달았다.

그녀는 결코 무지한 여자가 아니다. 이 한 번의 치료만으로 철염이 자리를 털고 벌떡 일어나는 것도 아니거늘, 자신이 탈진할 정도로 무리하게 치료하는 것은 무의미하다는 것을 알고 있었다. 다만 치료에 전념하느라 손을 뗄 시기를 놓쳐 버렸던 것이다.

단소예가 비틀거리면서 일어서자 기다리고 있던 정미가 즉시 그녀가 앉았던 의자에 앉아 교대를 했다.

단소예에게는 철염이 아버지나 혈육 같은 애뜻한 존재이기 때문이지만, 정미에겐 그를 반드시 살려야 하는 또 다른 이유가 있었다.

철염은 그녀에게 생명의 은인 그 이상의 존재인 것이다. 철염의 희생이 그녀를 크게 감동시켜서 닫혀 있던 사람에 대한 믿음을 일깨워 주었기 때문이다.

그래서 지금 그녀 역시 자신의 공력을 잃더라도 철염을 완치시키고 싶은 심정이었다.

이런 상황에서 냉정하면서도 다혈질적인 그녀의 성격이 고스란히 드러나고 있었다.

"잠깐 둘 다 내 얘기 좀 들어봐."

정미가 철염에게 손을 뻗으려고 할 때 설영이 다가서며 제지했다.

설영은 조용히 자신을 바라보는 두 소녀에게 월한루주가 준 서찰을 내밀었다. 번갈아서 서찰을 보고 난 두 소녀의 표정이 크게 변했다.

방금까지만 해도 철염의 생사와 쾌유가 그녀들의 가장 큰 문제였으나, 이제는 설영의 형 설무검의 일이 더 큰 문제가 된 것이다.

철염의 일은 지금 당장 어떻게 할 수 없는 일이지만, 설무검의 일은 화급을 다투는 일이기 때문이다.

설영은 두 소녀가 서찰을 다 읽기를 기다렸다가 이윽고 입을 열었다.

"너희 둘은 철 숙부를 데리고 먼저 악양으로 가 있도록 해."

낙양성은 소용돌이 한복판이다. 더구나 철염은 낙성검가를 배신하고 가족들까지 악양으로 빼돌린 상태이니, 낙양성으로 되돌아갔다가 낙성검가 눈에라도 띄는 날이면 낭패를 면치 못할 것이다.

그래서 악양 벽풍장으로 보내려는 것이었다.

또한 단소예와 정미가 떠나고 이곳에 설영 혼자 남게 되면 홀가분하게 행동할 수 있게 된다.

"싫어! 절대 안 가!"

그러나 정미가 마치 뱀에게 물리기라도 한 것처럼 소스라치게 놀라서 외쳤다.

설영은 착잡한 표정을 지었으나 아무 말도 하지 않았다. 정미가 반대할 것이라고 예상은 했지만 너무 완강했다.

그러나 설영은 형 설무검 걱정 때문에 너무 초조한 나머지 그녀를 설득하고 싶은 생각마저도 들지 않았다. 그 대신 그는 월한루주에게 부탁을 했다.

"백봉령루의 마차를 한 대 내줄 수 있소?"

"그러겠습니다. 필요하신 것은 무엇이든 말씀하시면 준비하겠습니다."

백봉령루의 마차에는 봉황단의 문장이 그려져 있어서 그 누구도 건드리지 않는다.

그 안에 설영이 타고 있으면 문제는 달라지겠지만, 단소예와 정미가 철염을 간호하면서 타고 있으면 별다른 일은 벌어지지 않을 터이다.

"악양까지 백봉령루만을 거쳐서 갈 수 있도록 연락을 취해주시오."

만약의 사태를 대비해서 일반 주루나 객잔에서 묵게 하지 않으려는 것이었다.

"알겠습니다. 세 분이 악양까지 가시는 동안 조금도 불편이 없도록 준비하겠습니다."

정미는 자신의 반대에도 불구하고 설영이 한마디 대꾸조차 하지 않고 일을 진행시키자 잔뜩 원망스러운 얼굴로 그를 쏘아보았다.

그러자 단소예가 가만히 그녀의 손을 잡았다.

"언니, 우린 가야 해요."

단소예는 그동안 정미와 친해져서 의자매처럼 다정한 사이가 되었다.

환경이 절박할수록 거기에 처한 사람들은 더욱 결속하는 법인데 단소예와 정미가 그랬다. 그녀들은 절망 중에서 깊고 끈끈한 우정을 싹틔우고 키워왔었다.

단소예는 설영과 동갑인 십팔 세니까 이십일 세인 정미를 언니라고 부르는 것은 당연했다. 차분하고 순수한 동생에 차디차고 다혈질의 언니였다.

정미는 어이없다는 표정으로 단소예를 쳐다보면서 볼멘소리를 내뱉었다.

"왜 소예, 너까지 그러는 거야? 너는 영아하고 헤어지는 것이 좋다는 거야?"

단소예는 미소를 잃지 않으려고 애쓰면서 고개를 살래살래 가로저었다.

"저도 영 랑하고 헤어지고 싶지 않아요."

"그런데 왜 우리끼리 악양에 가겠다는 거지? 이곳에 남든,

악양에 가든 영아와 함께 있어야 하지 않겠어? 무슨 일이 있어도 우린 생사고락을 함께해야만 해!"

단소예는 차분한 표정으로 손에 쥐고 있는 서찰을 정미 앞에 들어보였다.

"언니도 이 서찰을 읽었으니까 알 거예요. 영 랑이 대가에게 가야만 하는 이유를."

"알아! 가서 형을 도와서 놈들과 싸우려는 거잖아!"

정미는 속이 상한 얼굴로 설영을 쳐다보았다.

"그러니까 우리도 함께 가서 싸우면 조금이나마 도움이 되지 않겠어? 그런데 왜 우릴 떼어놓지 못해서 안달하는 것인지 이해를 못하겠어!"

정미가 흥분을 감추지 못하는 데에도 단소예는 차분하게 말을 이었다.

"우리가 영 랑을 따라간다면 영 랑의 도움이 되는 것이 아니라 짐이 될 것 같아요."

"짐이라고? 우리가? 어째서 그렇지? 소예도, 나도 누구의 짐이 될 만큼 형편없는 실력은 아니잖아?"

단소예는 정미가 필요 이상으로 흥분했다는 것을 깨닫고 그녀의 두 손을 가만히 잡고 의자에 나란히 앉았다.

"우리 얼마 전 야산에서 어땠었나요?"

단소예의 말에 정미는 장도명의 수하들에게 쫓겨서 야산

으로 숨어들었다가 천신만고 끝에 빠져나와 이곳까지 오게
된 일들을 상기했다.

"그때 우리가 영 랑의 도움이 됐었나요?"

정미는 한마디도 대답을 하지 못했다. 자신이 설영의 도움
이 됐다기보다는 오히려 짐이었다는 생각이 더 강하게 들었
기 때문이다.

아니, 금호방주를 암살하는 살행에서부터 그녀는 설영에
게 별다른 도움을 주지 못하고 번번이 걸림돌만 됐었다.

더 심하게 말한다면, 만약 정미가 아니었더라면 설영은 금
호방주를 암살하고 나서 별다른 문제없이 검풍루로 복귀했을
것이다.

그러나 단소예는 달랐다. 그녀는 장도명에 의해서 낙성검
가에 갇힌 설영을 극적으로 탈출시키고 자신도 가문을 버렸
다. 그녀가 설영의 목숨을 구한 것이다.

정미도 그런 상황에 처한다면 두말없이 단소예처럼 했겠
지만, 그녀에겐 그런 기회가 주어지지 않았었다.

"지금 이런 상황에서 저는 우리가 떠나는 것만이 영 랑을
돕는 것이라고 생각해요."

단소예는 그 말을 끝으로 입을 다물고 가만히 정미를 바라
보기만 했다.

정미는 착잡한 표정으로 단소예를 바라보면서 문득, 설영

과 헤어지는 것은 정미 자신보다 정작 단소예가 더 슬프지 않을까 하는 생각이 들었다.

정미는 시선을 거두어 설영을 쳐다보았다. 방금 전과 같은 흥분한 얼굴이 아니라 많이 차분해진 모습이었다.

설영은 말없이 그녀를 응시하고 있었다. 정미는 그의 표정에서 초조함을 읽어냈다.

그에 대해서 가장 많이 알고 있다고 자부하는 그녀로서도 처음 보는 설영의 초조함이었다.

정미는 그때 처음으로 자신이라는 존재가 설영의 발목을 잡고 있을지도 모른다는 생각을 했다.

이윽고 그녀는 차분한 어조로 입을 열었다.

"꼭 살아서 돌아와."

第七十八章
철궁철전(鐵弓鐵箭)

　장도명이 천하의 정세와 판도에 대해서 훤하다고는 하지만 봉황단 휘하 백봉령루의 정확한 위치에 대해서는 아직 파악하지 못하고 있었다.

　그랬기에 당하현 내 당하 강변에 위치한 월한루가 백봉령루의 하나라는 사실을 알지 못했고, 그곳 삼층에 설영 일행이 있다는 사실은 더더욱 모르고 있었다.

　그렇지만 사패황이 이끄는 천사십진의 오진 삼백 명은 추적술이 뛰어났다.

　그들은 설영 일행의 흔적을 끈질기게 추적하다가 마침내

당하현까지 들어오는 데 성공했다. 그렇지만 설영 일행의 흔적은 거기에서 끊겨 있었다.

숲과 평원에는 사람이 지나간 흔적이 남을 수밖에 없지만 번화한 현 내는 그렇지 않다. 그들은 그곳에서 설영 일행의 흔적을 놓치고 만 것이다.

결국 사패황은 천사오진 삼백 명에게 당하현을 샅샅이 뒤지라고 명령할 수밖에 없었다.

단소예와 정미, 철염을 태운 마차가 당하현을 빠져나간 것은 사패황과 천사오진 삼백 명이 당도하기 직전이었다.

설영은 마차가 당하현 남단을 벗어나 안전하게 관도로 접어들어 달리기 시작하는 것을 확인한 후에 돌아서 대로 반대편을 향해 달렸다.

그는 대로 한복판을 전력으로 달렸다. 월한루에서 깨끗한 흑의 경장으로 갈아입고 어깨에 검을 멘 무림인의 모습이라서 지나는 행인들이 놀라며 분분히 길을 터주었지만, 설영은 개의치 않았다.

한시바삐 형 설무검에게 달려가야 한다는 생각이 앞서서 마음이 급했으며, 추적을 완전히 따돌렸다는 확신이 섰기 때문이었다. 그래서 지금은 장도명의 수하들 눈에만 띄지 않으면 된다는 생각이었다.

그런데 전혀 예기치 못했던 일이 벌어졌다. 그는 당하현 한

복판을 가로지르는 대로의 북단을 오십여 장쯤 남겨둔 곳에 이르러서 달리는 것을 멈추어야만 했다.

맞은편에서 대로를 가득 메운 채 몰려오고 있는 백여 명의 고수들을 발견했기 때문이었다.

그들은 설영으로서는 난생처음 보는 괴이한 복장과 분위기의 고수들이었다.

모두 한결같이 붉은 옷을 입었으며 허리까지 이르는 검은 색의 피풍의를 걸쳤고, 머리에는 챙이 짧고 정수리에 뾰족한 한 뼘 길이의 침이 박힌 붉은 모자를 썼다.

그 정도 복장이라면 그다지 괴이하다고 말할 수 없다.

그들의 모습을 괴이하게 만드는 것은 등에 메고 있는 창과 활, 화살통, 흑봉(黑棒), 도(刀), 검, 그리고 허리에 차고 있는 소도(小刀)와 검은 가죽주머니 같은 것들 때문이었다.

그렇지만 한 사람이 그 많은 무기들을 다 몸에 지니고 있는 것은 아니었다.

기본적으로 어깨에 도나 검을 메고 양 허리에 소도와 가죽 주머니를 차고 있는 것은 다 똑같았다.

그런데 어떤 자는 등에 창을, 또 어떤 자는 활과 화살통. 그리고 또 다른 자는 흑봉을 메고 있었다.

그들의 그런 중무장한 모습은 마치 전투에 나가는 군사를 연상케 했다.

설영은 달리는 것을 멈추고 행인들 뒤쪽에 몸을 감추고 재빨리 그들을 살폈다.

그들은 거리를 가득 메운 채 다가오고 있었는데, 양쪽의 고수들은 대로변에 있는 점포나 장원, 집 등을 가리지 않고 거침없이 들어가 수색을 했다.

그리고 대로를 메운 고수들은 눈을 번뜩이면서 거대한 물결처럼 서서히 다가오고 있었다.

행인들은 그들 때문에 반대편으로 가지 못했고, 그 너머에 있는 행인들은 이쪽으로 오지 못하고 있었다.

설영이 보기에 그들은 여태까지 봐왔던 사파 고수나 녹림 무리하고는 복장도 분위기도 판이하게 달랐다.

그러나 한 가지 분명한 것은 그들이 어떤 복장을 하고 무슨 무기를 지녔든 간에, 필경 장도명의 수하들일 것이라는 사실과 지금 그들이 찾고 있는 것이 설영 자신일 것이라는 사실이었다.

설영은 그 즉시 몸을 돌려 행인들 틈에 섞여 왔던 길로 되돌아 걸어가기 시작했다.

그들이 아직 자신을 발견하지 않았기를 바라면서 점점 걸음을 빨리했다.

달리는 것은 금세 눈에 띌 수밖에 없다. 마음은 더없이 급했지만 그는 최대한 자연스럽게 보이려고 애쓰면서 거의 뛰

듯이 걸었다. 걸으려고 하지만 그의 걸음은 점점 더 빨라졌
다.

그렇지만 '복은 쌍으로 오지 않고 화는 홀로 오지 않는다'
는 옛말이 과연 옳았다. 설영은 이십여 장쯤 걸어가다가 다시
멈출 수밖에 없었다.

조금 전에 봤던 이상한 복장의 고수들이 전방에서도 무리
지어서 몰려오고 있었기 때문이다.

수는 백여 명 정도. 아까 봤던 자들도 백여 명이었으니 도
합 이백여 명인 셈이다.

설영은 행인에 섞여 슬며시 대로변으로 걸어가면서 슬쩍
뒤를 돌아보다가 움찔했다.

뒤쪽에는 행인들이 한 명도 보이지 않고 대신에 이상한 복
장의 괴고수들 백여 명만이 어느새 오 장 거리까지 다가와 있
었던 것이다.

설영은 다시 전방을 봤다. 괴고수들이 틈을 내주어 행인들
을 쫓아내고 있었다.

그들은 설영을 확실히 알아보고 그 혼자만을 구석으로 몰
고 있는 것이 분명했다.

그러나 도주할 길은 대로 양쪽만 있는 것이 아니다.

설영은 즉시 공력을 끌어올렸다가 자신이 물러나 있는 대
로변의 점포 지붕으로 번개같이 솟구쳐 올랐다.

휘익!

그러나 지상에서 이 장 가량 솟구쳐 오르던 그는 다음 순간 움찔 놀라고 말았다.

그가 솟구쳐 오르고 있는 쪽 지붕 위에 괴고수들이 몇 겹으로 열을 지어 죽 늘어서 있었던 것이다. 단지 몇 명 정도가 아니라 수십 명이었다.

설영은 허공으로 떠오르고 있는 상태에서 재빨리 주위를 둘러보다가 크게 놀랐다.

대로 양쪽에 늘어선 건물의 지붕 위에 괴고수들이 겹겹이 빼곡하게 늘어서 있는 것을 발견했기 때문이다.

그뿐만이 아니다. 설영은 그들 모두가 자신을 향해서 겨눈 활시위를 팽팽하게 당기고 있는 것을 발견했다.

촤앙!

그 순간 마치 쇠로 만든 북을 힘껏 두드리는 듯한 커다란 소리가 터지는가 싶더니, 양쪽 지붕 위에서 수십 발의 화살이 설영을 향해 소나기처럼 쏟아져 왔다.

쐐애액!

뒤이어 고막을 찢어발길 듯한 굉렬한 파공음이 터졌다.

보통의 화살이 허공을 가르는 소리보다 훨씬 더 날카롭고 강렬했다.

그것은 지금 날아오고 있는 화살이 보통 화살보다 더 빠르고 강하다는 뜻이다.

'이런! 너무 방심했다!'

설영은 적잖이 당황했다.

대로에서 솟구쳐 오를 때 지붕에서 괴고수들이 기다리고 있을 줄은 조금도 예상하지 못했었다.

더구나 그들이 느닷없이 화살을 쏘아댈 줄은 더더욱 예상하지 못했었다.

창!

설영은 허공중에 뜬 상태에서 급히 어깨의 검을 뽑아 자신을 향해 쏟아져 오는 화살들을 튕겨냈다.

그의 실력으로 화살 따위를 막아내는 것은 그리 어렵지 않은 일이었다.

째째째째쨍!

그런데 설영의 검이 화살들을 튕겨내자 어떻게 된 일인지 작은 불꽃들이 번쩍이면서 날카로운 쇳소리를 터뜨리는 것이 아닌가.

그뿐이 아니라 화살을 튕겨낼 때마다 묵직한 충격이 손으로 전해져 왔다.

'철전(鐵箭)!'

그제야 설영은 튕겨져 흩어지고 있는 화살들이 새카만 색깔이라는 것을 발견했다.

철전, 즉 쇠로 만든 강력한 화살을 쏘아내기 위해서는 보통 활로는 어림도 없다.

철궁철전(鐵弓鐵箭). 오직 쇠로 만든 활만이 쇠로 만든 화살을 발사할 수 있는 것이다.

그 위력은 가히 방패와 벽을 뚫는다고 한다. 그것들이 지금 설영에게 비 오듯이 쏟아지고 있었다.

째째째쟁!

철전 하나를 튕겨낼 때마다 쩌릿쩌릿한 충격이 고스란히 손과 팔로 전해졌다.

그렇다고 손목이 아프거나 손아귀가 찢어질 것 같은 충격은 아니었다.

그렇지만 문제는 검이었다. 이렇게 강하게 쏘아오는 철전을 수없이 튕겨내다가는 검이 견뎌내지 못하고 부러지는 것은 시간문제일 것이다.

설영은 철전들을 튕겨내는 사이 땅에 내려섰지만 철전은 쉬지 않고 대로변 양쪽 지붕 위는 물론이고, 이제는 지상에서까지 쏘아대기 시작했다.

지상의 대로 양쪽에 있던 괴고수들 중에서 활을 지니고 있는 자들이 합세를 한 것이다.

설영이 정신없이 검을 휘둘러 철전들을 튕겨내면서 힐끗 쳐다보니 활을 쏘는 괴고수들을 제외한 모든 괴고수들은 뒤로 물러나 있었다.

수백 발의 철전을 발사하여 설영을 죽이거나, 아니면 중상을 입혀서 무기력하게 만든 다음에 한꺼번에 공격하겠다는 의도였다. 그것을 모를 리 없는 설영이었다.

쨍!

아니나 다를까, 그때 설영의 검 끝부분 삼분의 일 정도가 맥없이 부러져 나갔다.

픽! 픽! 픽! 픽!

설영을 아슬아슬하게 스쳐 간 철전들은 대로변 점포에 쏟아지며 닥치는 대로 박살을 냈다.

쐐애애액!

도대체 얼마나 많은 철전을 쏟아 붓고 있는 것인지 끝도 없이 쏘아져 왔다.

설영은 이 정도로 지치지는 않겠지만, 또다시 검이 부러지거나 날이 마모될까 봐 걱정이었다.

아니, 걱정은 그것뿐만이 아니었다. 설영은 화살이라는 것을 과소평가하고 있었다.

더구나 이것은 보통 화살이 아니라 철전이고, 그가 딛고 선 땅만 제외하고는 사방에서 쏘아오고 있었다.

잠깐 동안에 이미 삼백 발 이상의 철전이 쏘아졌고, 철전들은 설영을 정확하게 겨냥하고 있어서 그는 삼백여 발 중에서 이백 발 이상을 튕겨내야만 했다.

쨍! 쨍! 쨍! 쨍!

설영은 쏘아온 철전 하나에 최소 일 갑자 이상의 공력이 실려 있다고 판단했다.

그만큼 위력적이었다. 만약 한 발이라도 제대로 맞는다면 죽거나 중상을 면키 어려울 것이다.

'이놈들! 도대체 언제까지 쏘아댈 작정이냐?'

잠깐 사이에 또다시 이백여 발의 철전이 더 쏟아졌다. 설영은 이미 오백 발 이상의 철전을 튕겨내고 있는데도 철전은 끝없이 날아왔다.

부러진 검을 휘두르고 있는 설영은 지상에서 활을 쏘고 있는 괴고수 한 명의 어깨를 힐끗 쳐다보았다.

그자의 화살통 안에 아직도 열 발 이상의 철전이 담겨 있는 것이 보였다.

활을 쏘는 괴고수가 대략 백여 명 정도니까 앞으로도 천 발 이상을 더 막아내야 한다는 뜻이었다.

가랑비에 옷이 젖는다고 했다. 일 갑자의 공력이 실린 철전 천오백 발 이상을 막아내다 보면 아무리 설영이라고 해도 공력이 소모될 수밖에 없다.

그렇지만 그게 끝이 아니다. 화살을 다 쏘고 나면 대로 양쪽에 이백여 명의 괴고수들이 버티고 있다.

그야말로 점입가경의 상황이었다. 그뿐인가. 활을 쏘고 난 백여 명도 당연히 싸움에 가담할 것이다.

설영은 초조함 때문에 입술이 바짝바짝 타들어갔다.

형 설무검은 이천여 명이 넘는 사파 고수와 녹림 무리에 포위되어 고전을 하고 있는 중이다.

그런데도 달려가서 도와주지는 못할망정 오히려 제 한 몸조차 지키지 못하는 상황에 처하고 말았으니, 설영은 답답해서 가슴이 터져 버릴 것만 같았다.

팍!

그때 돌연 설영은 왼쪽 어깨 뒤쪽이 불에 달군 인두로 지진 듯 화끈한 것을 느꼈다.

철전에 맞은 것이다. 초조한 마음에 안달을 하다가 철전 하나를 놓치고 만 것이 화근이었다.

하지만 얼마나 다쳤는지 확인할 여유 같은 것이 있을 리 없었다. 그저 어깨에 화살이 매달려서 덜렁거리지 않는 느낌으로 미루어 화살이 어깨를 찢으면서 스쳤을 것이라고 짐작할 뿐이었다.

이까짓 화살 따위라고 우습게 여겼었는데, 설영은 이미 천여 발 이상 튕겨내고 나자 숨이 찼으며 기력이 떨어지는 것을 느낄 수가 있었다.

팍!

그때 검으로 쳐낸 화살 하나가 튕겨지면서 화살촉이 설영의 오른쪽 허벅지 바깥쪽을 길게 찢었다.

그는 어금니를 힘껏 악물었다. 얼굴에서는 굵은 땀방울이 비 오듯이 흘러내렸다.

대로 양편에 늘어서서 자신들의 차례를 기다리고 있는 괴고수들은 도살장에 끌려와서 도축되기를 기다리고 있는 소나 돼지를 보듯 설영을 지켜보고 있었다.

그때 설영은 이러다가 자신이 죽을지도 모르겠다는 생각이 처음으로 머리를 스쳤다.

그리고 왠지 모를 자욱한 외로움이 엄습했다. 곧 죽을지도 모른다는 두려움보다는 외로움이 뼛골 속으로 스미는 것이 더 아팠다.

"으드득! 장도명, 이놈!"

그 직후 장도명에 대한 들끓는 증오심 때문에 심장이 당장이라도 폭발할 것만 같았다.

그때 낙양성에서 장도명을 죽이지 못하고 왼팔만 자른 것이 너무도 원통했다.

걷잡을 수 없는 분노 때문에 집중력이 흐려진 것일까.

퍽!

순간 측면에서 쏘아온 철전 하나가 설영의 왼쪽 허벅지 바깥쪽에 깊숙이 파고들었다.

화살촉이 뼛속으로 깊이 파고들었는지 찌르르한 통증이 등줄기를 타고 뒷골까지 전해졌다.

통증보다는 움직일 때마다 허벅지에 꽂힌 철전이 흔들거려 신경이 쓰였다. 하지만 쏟아지는 철전을 쳐 내느라 그것을 뽑을 겨를마저도 없었다.

설영의 움직임이 점차 둔해지기 시작했다. 통증 정도는 아무렇지도 않게 견딜 수 있지만, 허벅지 뼈에 꽂힌 철전 때문에 그의 의도와는 달리 왼발이 절뚝거려졌다. 어디가 어떻게 잘못된 것인지 알 수가 없었다.

"흐으으……."

설영의 입이 벌어지면서 상처 입은 맹수의 그것과도 같은 신음이 흘러나왔다.

그렇지만 그것뿐이다. 그는 최초에 허공으로 솟구쳤다가 지상으로 내려선 자리에서 채 일 장도 벗어나지 못한 상태에서 아직껏 몸부림치고 있는 중이었다.

땅!

그때 날카로운 소리가 귓전을 울렸다. 불길한 소리다.

한 번 부러졌던 검이 또다시 부러져 나갔다. 이번에는 남은 길이에서 절반이나 뚝 부러져 나갔다.

그래서 검의 길이는 칼코등이에서 불과 한 뼘 반 정도밖에 남지 않았다.

원래 설영이 지니고 있던 검은 삼 척하고도 반 자 길이였다.

그것이 이제 한 자 남짓 남았으니 철전을 튕겨내는 일이 세 배 이상 힘들어진 것은 당연한 일.

'으으…. 빌어먹을… 형님! 미안해요…….'

죽는 것은 추호도 두렵지 않았다. 그렇지만 형을, 무려 칠 년 동안이나 못 본 형을 지척에 두고도 만나지 못하고 죽어야 하는 것이 너무나도 억울했다.

설영은 필사적으로 한 뼘 반밖에 남지 않은 검을 휘둘렀다. 그것은 아예 몸부림이었다.

이 순간 그는 죽음이 몇 걸음 앞까지 바짝 다가와 있다는 사실을 조금씩 느끼고 있었다.

아주 짧은 시간 동안에, 그의 뇌리를 스쳐 지나가는 사람들의 얼굴이 있었다.

형 설무검, 단소예, 정미, 한효령, 은리, 은자랑, 곽정, 곽선랑, 태무 등이었다.

쐐애액!

파아아!

짧아진 검으로 미처 튕겨내지 못한 철전들이 설영의 얼굴과 몸 옆으로 칼날처럼 날카롭게 스쳐 가며 파공음을 터뜨렸다.

그것에 하나라도 꽂히면 그것으로 모든 것이 끝장이다.

약간이라도 비틀거리는 순간 설영의 몸은 말 그대로 고슴도치가 돼버릴 것이다.

"크으으… 장도명……. 이놈……."

그리운 얼굴들 맨 마지막에 장도명의 얼굴이 떠올랐다.

그는 미소 짓고 있었다. 자상하고 후덕한 미소였다. 그렇지만 설영은 그 가증스러운 미소 뒤에 감춰져 있는 교활함을 잘 알고 있었다.

팍!

그때 조금 전에 철전을 맞은 왼쪽 허벅지 바깥쪽 바로 옆에 또 한 발의 철전이 깊숙이 꽂혔다.

이번에는 뼈를 다치지 않았다. 하지만 철전은 허벅지를 완전히 관통하여 뾰족한 화살촉이 허벅지 안쪽으로 다섯 치가량이나 튀어나왔다.

"크으으……."

설영은 얼굴을 처참하게 일그러뜨리면서 결국 왼쪽 무릎을 꿇고 말았다.

그의 의지는 꼿꼿하게 서 있고 싶었으나 왼발은 뜻대로 통제되지 않았다.

한쪽 무릎을 꿇은 상황에서도 그는 부러진 검을 결사적으로 휘두르면서 철전들을 튕겨내고는 있지만, 언제 그것들 중에 하나가 자신의 몸통에 박힐지 모르는 자포자기의 심정이 되고 말았다.

“흐악!”

“끄악!”

바로 그때 어디선가 몇 마디 어지러운 비명 소리가 들려왔다.

대로 양쪽을 가로막고 있는 괴고수들의 뒤쪽이었다.

그곳은 대로의 남쪽 방향이었다. 괴고수들은 설영에게만 온 신경을 쏟은 채 배후는 완전히 무방비 상태였다가 느닷없이 누군가의 급습을 당한 모양이었다.

그 상태에서 어이없게도 괴고수들은 순식간에 다섯 명을 잃고 말았다.

또한 대로의 남쪽을 막고 있던 괴고수들의 포위망 한복판이 비록 잠깐 동안이지만 한순간 뻥 뚫렸다.

그리고 그곳으로 한 사람이 검을 휘둘러 또다시 두 명의 괴고수를 쓰러뜨리면서 민첩하게 안쪽으로 뛰어들어 왔다.

그 사람의 출현 때문에 설영에게 쏟아지는 화살이 잠시 동안 주춤했다.

그사이에 설영은 허벅지에 꽂힌 두 개의 철전을 한데 모아 움켜잡고 힘을 주어 단숨에 뽑아버렸다.

으득!

화살촉의 날카로운 미늘이 뽑히면서 허벅지의 살점을 한 움큼이나 긁어냈지만 설영은 신음 한마디 흘리지 않았다.

그는 피 묻은 두 자루 철전을 왼손에 쥔 채 그것으로 땅을 짚고 안간힘을 쓰면서 일어섰다.

물론 그사이에도 화살이 쏟아졌지만 조금 전처럼 거세지는 않았다.

"영아! 다친 거야?"

그때 가까운 곳에서 귀에 익은 외침이 들려왔다.

그곳을 쳐다보던 설영의 얼굴이 놀라움으로 물들었다.

"정미야……."

괴고수들의 포위망 남쪽을 뒤에서부터 뚫고 들어와 치열하게 싸우면서 이쪽으로 조금씩 다가오고 있는 사람은 다름 아닌 정미였다. 생각지도 않았던 그녀가 갑자기 나타난 것이다.

정미를 발견한 설영은 가슴이 뭉클하면서 뜨거운 무엇이 치밀어 올랐다.

그는 정미와 단소예, 철염을 태운 마차가 당하현 남쪽 밖 관도 끝까지 사라지는 것을 확인한 후에 돌아섰었다.

그런데 정미가 이곳에 나타났다는 것은 설영이 돌아서고 얼마 지나지 않아 마차에서 내려 곧장 달려왔다는 뜻이다.

정미가 마차에서 내리겠다고 강짜를 부렸다면 단소예로서

는 도저히 말리지 못했을 것이다.

설영이 정미와 단소예를 악양으로 보낸 것은 그녀들을 위험지경에서 빼내기 위해서였다.

그녀들이 없어야 자신이 홀가분하게 싸울 수 있을 것이라고 생각했기 때문이다.

그런데 혼자가 된 그는 홀가분하게 싸워보지도 못하고 부상을 당해 죽음을 목전에 둔 상황이 되고 말았고, 바로 그때 떠난 줄 알았던 정미가 나타나서 그를 구해준 것이다.

정미는 설영과 삼 장쯤 떨어진 곳에서 포위된 채 집중공격을 받아 미친 듯이 검을 휘두르느라 설영 쪽으로 한 걸음도 오지 못하고 있었다.

정미의 갑작스러운 급습이 먹혀들어서 설영을 위기에서 잠시 구해주기는 했지만, 전열을 수습한 괴고수들 십여 명이 포위한 채 공격을 퍼붓자 이제는 그녀 자신이 위험한 지경에 처하고 말았다.

설영에게 쏟아지는 화살은 완전히 멈춘 상태였다. 그렇지만 언제 또다시 쏟아질는지 모르는 상황이다.

설영은 바닥에 흩어져 있는 철전들을 빠른 동작으로 주워 모아 한 아름 안고 불끈 일어섰다.

이어서 철전들을 왼팔 안에 가득 틀어 안은 채 오른손으로 하나씩 뽑아 정미를 공격하고 있는 괴고수들을 향해 힘껏 던지기 시작했다.

퍽! 퍽! 퍽!

순식간에 세 개를 던져 세 개 모두 무방비 상태인 괴고수의 등에 명중시켰다.

설영은 쉬지 않고 빠르고도 힘차게 철전을 던졌다.

검풍루의 살수 수업에는 암기나 비도, 수리검 등을 던지는 과목이 포함되어 있었다.

설영은 그 과목에서도 탁월한 실력으로 만점을 받아 최종 시험에서 통과했으므로, 철전 정도 빠르고 정확하게 던지는 것은 그다지 어렵지 않았다.

그는 조금 전에 자신을 괴롭혔던 철전으로 도리어 괴고수들을 죽이고 있는 것이다.

쉬익! 쉭! 쉭!

철전을 던져 내고 있는 그의 오른손은 육안으로는 보이지 않을 정도로 빨랐다.

설영은 두어 번 호흡할 잠깐 사이에 정미를 공격하던 괴고수 십여 명을 모조리 쓰러뜨렸다.

"영아!"

설영 덕분에 공격권에서 풀려난 정미가 빠르게 달려오면서 땅에 떨어진 검 한 자루를 집어 들었다.

그녀는 잠시 싸우는 동안 몸 여기저기 세 군데나 상처를 입어 피를 흘리고 있었다.

그러나 다행히 심한 상처는 아니어서 움직이는 데 별 지장은 없을 듯했다.

"나, 짐 아니지?"

정미가 빠른 동작으로 검을 설영에게 건네주고 나서 그와 등지고 주위를 경계하면서 싱긋 미소를 지었다.

정미는 자신이 설영의 짐이었다는 사실 때문에 꽤나 마음의 상처를 받았던 모양이었다.

쐐아아!

그때 다시 설영과 정미에게 철전이 쏟아지기 시작했다.

괴고수들은 철전으로 재미를 톡톡히 봤는지 대로 양쪽 지붕과 지상에서 철전을 쏘아대는 궁수들만 남긴 채 다른 괴고수들은 대로 양쪽으로 물러나 있었다.

그렇지만 그것이 실수였다.

이번에는 설영 혼자가 아니라 정미까지 둘이라는 사실을 그들은 간과하고 있었다.

"영아! 놈들에게 화살 던져!"

째째째쨍!

조금 전에 설영이 철전을 던져 괴고수들을 죽이는 광경을 목격한 정미가 검을 휘둘러 철전을 팅겨내며 외쳤다.

"조심해! 철전이야!"

설영은 외치면서 정미가 자신에게 주었던 검을 다시 그녀에게 던져주었다.

정미는 오른손으로 검을 휘둘러 철전을 튕겨내면서 왼손으로 설영이 던져주는 검을 가볍게 받아 그때부터 쌍검으로 철전을 튕겨냈다.

설영은 정미의 실력을 잘 안다. 검풍루에서 설영이 워낙 뛰어났기 때문에 정미의 실력이 빛을 보지 못했지만, 그가 없었다면 정미는 예검녀, 아니, 영검낭자 중에서 단연 첫손가락 꼽히는 성적을 냈을 것이다.

그녀가 철전을 막아준다면 당분간은 안심하고 놈들에게 철전을 되돌려 줄 수 있다.

패액! 팩!

설영은 정미가 쌍검을 휘두르는 틈새로 철전을 던졌다.

이 갑자 백이십 년 공력으로 던진 철전이라 괴고수들이 철궁으로 쏘아낸 것보다 거의 배 이상 빠르고 강했다.

그가 던지는 철전은 던지는 대로 백발백중했다. 지붕 위에 있던 괴고수들이 철전에 적중되어 가을바람에 흩날리는 낙엽처럼 쓰러져 대로로 굴러 떨어졌다.

활을 쏘려면 움직이지 않은 상태여야만 한다. 움직이지 않는 상대를 맞추는 것은 식은 죽 먹기보다 쉬웠다.

열 번 호흡하는 정도의 짧은 시간에 설영은 괴고수들을 무려 이십여 명이나 거꾸러뜨렸다.

이 상태로만 계속 간다면 이곳에 있는 괴고수들을 모두 철전만으로 죽일 수도 있을 것 같은 기분이 들었다.

그때 쏟아지던 철전이 한순간 갑자기 뚝 끊어졌다.

철전을 쏘아대던 괴고수들은 일제히 철궁을 어깨에 메고 대신 도검을 뽑아 들고 있었다.

설영은 수중에 아직 다섯 개의 철전이 남아 있었기 때문에 그것들을 대로 맞은편 지붕에 있는 괴고수들을 향해 모두 던져 냈다.

그러나 적중된 자는 한 명뿐이었다. 다른 네 명은 도검으로 튕겨내거나 재빨리 피해 버렸다.

그제야 설영은 비로소 괴고수들이 얼마 전에 야산에서 싸웠던 사파 고수들과는 차원이 다르다는 사실을 깨달았다.

사파 고수들이었다면 설영이 던지는 철전을 결코 막거나 피하지 못할 것이다.

그리고 보니까 설영이 철전을 던져서 명중시킨 괴고수들은 다들 무방비 상태였었다.

정미를 집중공격하느라 허점을 드러내고 있었다든지, 활을 쏘느라 움직이지 않고 있는 자들뿐이었던 것이다.

第七十九章
내외투술(內外鬪術)

그때 괴고수들이 빠르게 움직이기 시작했다.

사사사삭!

무척 민첩한 움직임이었다. 어지럽고 복잡한 행동 같았지만 조금만 자세히 보면 매우 질서 있고 규칙적이라는 사실을 알 수 있었다.

이윽고 괴고수들은 하나의 대열을 완성했다.

대로의 폭은 십 장 정도인데, 괴고수 이백여 명이 대로 양쪽에서 각각 다섯 겹, 즉 오열(十列)씩 오 장 정도의 사이를 두고 서로 마주 보는 형태로 늘어서 있었다.

한 줄에 이십 명씩. 양쪽 도합 열 줄이다.

횡(橫)으로 불과 반 장 거리에 한 명씩 서 있는 것이므로 한 줄 이십 명이 대로의 끝에서 끝까지 빈틈없이 꽉 들어차 있는 상태였다.

양쪽 첫 번째 줄 이십 명은 어깨에 도를 뽑지 않은 채 창을 두 손으로 움켜잡고 있었다.

두 번째 줄은 어깨의 검은 뽑지 않은 상태에서 석 자 길이의 흑봉을 한 손으로 잡고 앞으로 뻗고 있었다.

흑봉은 어른 손목 정도의 굵기였으며 새카만 색이었고, 재질은 쇠인지 나무인지 눈으로 봐서는 알 수가 없었지만, 아무래도 쇠인 듯했다.

그리고 끝부분에 독수리 발톱처럼 안으로 구부러진 날카로운 반월형의 칼날이 부착되어 있었다.

그다음 세 번째 줄과 네 번째, 다섯째 줄은 모두 도나 검을 뽑아 쥔 채 전면을 주시하고 있었다.

설영은 대로의 양쪽 지붕을 빠르게 둘러보았다.

한쪽 지붕에 삼십오륙 명씩 양쪽 칠십여 명의 괴고수들이 지붕 위에 두 줄로 길게 늘어섰는데 앞줄은 창을, 뒷줄은 활을 겨누고 있었다.

만약 설영과 정미가 위로 솟구쳐서 도주를 시도하려 한다면 그들이 일제히 화살을 쏘고 창으로 공격을 해서 봉쇄하겠다는 의도인 것 같았다.

　그로써 설영과 정미는 완벽하게 포위된 형국이 되고 말았다.

　문득, 설영은 대로 맞은편 지붕에 두 줄로 늘어서 있는 괴고수들 뒤쪽 삼층 건물의 지붕 위에 혼자 우뚝 서 있는 한 인물을 발견했다.

　괴고수들과는 달리 온몸을 흑포로 감쌌으며 우람한 체구에 검은 수염을 가슴까지 기른 모습이었다.

　그자는 어깨에 대도 한 자루를 메고 있었는데, 전신에서 패도적인 기도가 파도처럼 뿜어지고 있었다.

　더구나 두 눈에서 안광이 줄기줄기 뿜어졌으며 웬만한 간담으로는 마주 쳐다보지도 못할 만큼 강렬했다.

　설영은 흑포인이 괴고수들의 우두머리일 것이라고 판단했다.

　흑포인은 다름 아닌 사도지존 사패황이었다. 설영의 사지를 잘라도 좋으니 목숨만 붙여서 생포해 오라는 장도명의 명을 받고 온 것이다.

　그리고 대로와 지붕에 운집해 있는 괴고수들은 천사십진의 오진, 천사오대고수 삼백 명이다.

　천사십진 내에서는 '사오고수(邪五高手)' 라고 줄여서 불리고 있는 사파의 최정예고수다.

정미로부터 검을 건네받은 설영은 긴장된 표정으로 주위를 둘러보면서 곧 몰아칠 대공격에 대비했다.

굳이 대비라고 할 것까지는 없었다. 공력을 극한으로 끌어올리고, 무슨 일이 있어도 살아남겠다는 각오를 다지는 정도가 전부였다.

"영아, 괜찮아?"

그때 나란히 붙어 서 있는 정미가 설영의 왼쪽 허벅지를 보면서 걱정스러운 표정으로 물었다.

그의 허벅지 바깥쪽에 꽂혔던 철전 두 개를 뽑은 자리에서는 뭉클뭉클 피가 솟구쳐 흐르고 있어서 한눈에도 몹시 큰 상처처럼 보였다.

설영은 상황이 너무 급박해서 상처를 미처 지혈할 엄두도 내지 못하고 있다가 그제야 생각이 났다.

그러나 그가 손을 쓰기도 전에 정미가 즉시 그의 왼쪽에 무릎을 꿇고 앉아 상처 근처의 네 군데 혈도를 눌러 일단 지혈을 시켰다.

이후 능숙한 솜씨로 허벅지 깊은 안쪽과 허리, 상단전의 다섯 군데 혈도를 눌렀다.

이 점혈수법은 검풍루의 독문수법으로 해혈을 할 때까지 상처의 통증을 없애주는 효능이 있다.

의식을 잃지 않은 상태에서 통증을 느끼지 않는, 즉 통각결여(痛覺缺如)의 상태를 만드는 것이다.

정미가 설영의 상처를 돌보는 동안 다행히 사오고수들은 공격하지 않은 채 대기하고 있었다.

사패황의 공격 명령이 떨어져야만 하는데 그가 아직 명령을 내리지 않은 것이다.

그는 사실 포진해 있는 천사오진을 둘러보면서 최종점검을 하고 있는 중이었다.

그렇지만 설영과 정미에게 쏟아지던 철전의 소나기가 멈추고, 사오고수들이 새로운 진열을 갖추기까지 걸린 시간은 채 열 호흡도 걸리지 않았다.

그때 설영은 삼층 지붕에 서 있는 사패황이 오른손을 느릿하게 치켜드는 것을 발견했다.

설영은 그것이 공격하라는 신호라고 직감했다.

그는 긴장하여 검을 힘있게 움켜잡으면서 정미에게 나직한 어조로 주의를 주었다.

"정미야, 내외투술(內外鬪術)을 전개하자. 절대 내 곁에서 떨어지지 마라."

"알았어."

정미는 설영을 등지고 서면서 대답했다. 아니, 그녀는 아예 자신의 등을 설영의 등과 찰싹 밀착시켰다.

내외투술이란 검풍루가 창안한 수십 종류의 싸움 기술 중에 한 가지다.

두 명이나 서너 명이 남아 다수의 적을 맞이하여 싸울 때 전개하는 생존전술인 것이다.

바로 그때, 대로 양쪽의 사오고수들이 빠르게 앞으로 전진을 하기 시작했다.

설영은 옆걸음으로 대로의 복판으로 이동했다. 정미는 설영의 등에 자신의 등을 밀착시킨 상태에서 마치 한 몸이 움직이는 것처럼 함께 이동했다.

대로 양쪽 첫째 줄 사십 명이 창을 앞세운 채 달려와 설영과 정미를 포위했고, 뒤이어 두 번째 줄 흑봉을 쥔 사십 명이 바깥쪽을 포위했다.

설영과 정미를 포위한 것은 첫 번째 줄과 두 번째 줄뿐이고, 나머지는 대로 양쪽에서 바짝 다가왔을 뿐 대열을 흐트러뜨리지 않았다.

슈슈슉!

마침내 공격이 시작됐다.

포위망 첫 줄의 사십 명은 설영과 정미를 향해 사십 자루의 창을 일제히 베고 찔러댔다.

어설픈 마구잡이 공격이 아니라 오랜 동안 함께 창술을 수련한 듯한 짜임새 있고 위력적인 공격이었다.

이자들은 설영이 야산에서 싸워봤던 사파 고수들하고는

비교도 안 될 만큼 강했다. 그리고 사용하는 무공도 사파 무공 같지가 않았다.

아미파 절학을 익힌 설영은 정파의 정종무학(正宗武學)이 어떻다는 것을 잘 알고 있다.

그런 그가 보기에 이자들의 창술은 어설픈 사파 무공이 아니라 정종무학의 느낌이 강렬했다.

그런데 전혀 예상하지 못했던 일이 벌어졌다.

설영과 정미는 마치 원형의 울타리 안에 갇힌 것처럼 꼼짝도 할 수 없게 되어버린 것이다.

첫째 줄 사십 명이 지니고 있는 창은 길이가 무려 아홉 자나 되는 장창(長槍)이었다.

창이라고 하면 일곱 자 정도 길이가 보통인데 그보다 두 자나 더 긴 창이었다.

팔의 길이를 한 자 반이나 두 자로 친다면, 창으로 뻗을 수 있는 거리는 무려 일 장이 넘는 셈이다.

그 말은 첫째 줄, 즉 일진(一陣) 사십 명이 설영과 정미에게 가까이 접근하지 않고도 일 장 밖에서 마음껏 공격을 할 수 있다는 뜻이다.

바꾸어 말하면, 설영과 정미가 아무리 팔을 길게 뻗어도 두 사람의 삼척장검은 결코 그들의 몸에 닿을 수 없다는 뜻이기도 했다.

카카카캉! 캉! 캉!

더구나 그들의 창대는 쇠로 만들어졌다. 그래서 설영과 정미가 아무리 검을 휘둘러도 자신들을 찌르고 베어오는 창을 쳐내기만 할 뿐, 창대를 자르지는 못했다.

설영의 이 갑자 공력을 검에 주입하면 능히 창대를 자를 수 있을 것이다.

하지만 그렇게 되면 그냥 싸우는 것보다 서너 배 이상 빨리 공력이 고갈될 것이다.

적을 죽이는 것이 아니라 창대를 자르는 일 때문에 공력이 고갈될 수는 없는 일이었다.

삼백 명 가까운 적들과 싸우는 동안에 악전고투하게 될 것이 당연한데, 거기에다 공력까지 고갈돼 버린다면 그 결과는 불을 보듯이 뻔한 일이다. 그러니 공력으로 창대를 자르지도 못하는 상황이었다.

카카카캉! 채채챙!

설영은 팔을 쭉 뻗어 바깥쪽을 방어하고, 정미는 검을 짧게 잡고 팔을 약간 구부려 안쪽을 방어하면서 찌르고 베어오는 창들을 튕겨냈다.

바깥쪽을 담당하는 설영이 외투수(外鬪手)고, 안쪽인 정미가 내투수(內鬪手)다.

내외투술은 검풍루가 자랑하는 생존술 중에서도 가장 탁

월한 싸움 기술이다.

공격이면 공격. 방어면 방어. 그리고 도주할 때까지의 세 가지 기술 즉, 삼기(三技)가 병합된 전투술이다.

그런데 그것이 지금은 전혀 먹혀들지 않고 있었다.

죽여야 할 적은 가까이 접근하지 않은 채 일 장 밖에 있고, 자르지 못할 철창(鐵槍)만 사방에서 소나기처럼 뻗어와 공격하기 때문이었다.

이대로 가다가는 포위망에 갇힌 채 철창을 쳐내다가 오래지 않아서 공력이 고갈되고 말 것이다.

슈슈슈슉!

찌르고 베어오는 철창들은 너무도 빠르고 정확했다.

예를 들어, 한 자루 철창이 목을 겨누고 찔러오면 숨 돌릴 틈도 없이 서너 자루의 창이 피할 수 있는 모든 공간을 겨냥하고 찔러온다.

그러므로 피하려는 쪽으로 찔러오는 철창을 재빨리 검으로 쳐내지 못하게 되면 그대로 찔리거나 베어지고 마는 상황인 것이다.

"영아! 이대로는 안 되겠어! 뭔가 다른 방법을 생각해 봐!"

다급해진 정미가 전음도 아닌 육성으로 외쳤다.

설영은 검이 육안으로 보이지 않을 정도로 빠르게 휘둘러 철창들을 쳐내면서 재빨리 주위를 훑어보았다.

현재 공격하고 있는 것은 일진뿐이었다.

흑봉을 지닌 두 번째 줄 이진(二陣)은 일진 뒤에서 꿈쩍도 하지 않은 채 포위망의 벽만 유지하고 있었다.

그 너머에는 또 삼, 사, 오진(五陣)이 대기하고 있는 중이다.

일진 사십 명만으로도 설영과 정미는 돌파구를 찾지 못하고 있는 판국인데, 만약 그들까지 모두 합공을 펼친다면 어찌될지 불을 보듯이 뻔했다.

문득, 설영은 바닥에 수북이 널려 있는 철전들을 발견하고 가볍게 눈을 빛냈다.

"정미야, 전합투(前合鬪)다."

설영이 전음을 보내자 등을 맞붙이고 있던 정미가 빙글 몸을 회전시키면서 그가 들어 올린 왼팔 겨드랑이 아래를 통과하여 앞쪽으로 돌아와 몸을 붙였다.

단 한 번의 움직임으로 정미는 설영의 몸 앞으로 돌아와서 완벽한 전합투의 합체(合體) 자세를 이루었다. 끊임없는 반복 수련을 하지 않고서는 불가능한 동작이었다.

즉, 정미는 설영의 양 어깨 안쪽에 자신의 양 어깨 바깥쪽을 바짝 붙이고, 설영의 가슴에 자신의 등을, 그의 하체 움푹한 곳에 자신의 엉덩이를 바짝 들이밀어 밀착시키는 것이 전합투의 완벽한 합체 자세인 것이다.

두 사람이 그런 합체 자세를 만들어내기 위해서는 몇 가지 조건이 충족돼야만 한다.

우선 바깥쪽을 맡는 사람, 즉 외투수가 안쪽 사람 내투수보다 키나 체구가 더 커야만 한다. 외투수가 내투수를 감싸줘야 하기 때문이다.

그리고 내, 외투수 두 사람은 서로의 행동에 지장을 주지 않게끔 민활한 동작을 취해야만 한다.

그러므로 외투수의 동작은 되도록 크게, 내투수의 동작은 작아야 하는 것이다.

마지막으로 오랜 시간 피나는 수련을 거듭해야지만 완벽하게 한 몸처럼 능란한 공수(攻守)의 조절이 원활할 수 있다.

이 전합투의 싸움 기술은 이인일체(二人一體)가 되어 한 몸처럼 움직이면서 공격과 방어를 동시에 수행한다.

또한 적은 노력으로 큰 효과를 이루어내는 가장 이상적인 전투술인 것이다.

지난날, 설영과 정미는 일과 시간 외에도 혜윤과 함께 셋이서 전력으로 내외투술을 수련했었다.

세 사람은 나중에 검풍살수가 된 후에 함께 살행을 나가기를 희망했었고, 만약 그럴 경우 내외투술은 반드시 필요한 수법이었던 것이다.

카카카카캉!

"정미야, 화살을 던져."

설영은 왼손으로 정미의 쥐고 있는 검을 뺏듯이 넘겨받는 중에도 비 오듯이 찔러오는 철창들을 정확하게 튕겨내면서 재빨리 전음을 보냈다.

정미는 그 방법을 예상하고 있었다는 듯 즉시 허리를 굽혀 바닥에서 한 다발의 철전을 집어 들었다.

그때부터 설영은 쌍검으로 철창들을 튕겨내기 시작하면서 정미가 철전을 제대로 던질 수 있는 공간을 확보하기 시작했다. 원래 그의 쌍검술은 검풍루 내에서도 대적할 사람이 없을 정도로 대단한 실력이다.

그는 조금 전까지만 해도 쏘아오는 철창들을 피하기도 하고 검으로 쳐내기도 했지만, 지금은 튕겨내기만 하고 피할 수는 없는 상황이었다.

만약 그가 피해 버리면 그 철창에 정미가 찔려 버릴 것이기 때문이었다.

전합투에서는 외투수의 역할이 특히 중요하다. 적의 공격을 차단하는 한편 내투수가 공격할 수 있는 공간을 만들어주어야 하기 때문이다.

카카카카카캉! 째째째쨍!

설영의 쌍검술은 얼핏 보기에는 마치 서너 개의 풍차를 한 꺼번에 돌리는 것 같았다.

위든 아래든 쏘아오는 철창들을 완벽하게 차단, 튕겨내고 있었다. 그렇지만 방어만 해서는 아무 소용이 없다.

그때 설영이 막 여섯 자루의 철창들을 연이어 쳐내면서 정미에게 빠르게 전음을 보냈다.

"남동미남(南東微南), 서남서(西南西), 동미북(東微北)."

쉬잇! 쉿! 쉿!

순간 정미는 설영이 불러준 방위를 향해 그의 어깨 너머, 겨드랑이 아래, 그리고 옆쪽을 향해 세 자루의 철전을 맹렬히 쏘아냈다.

"흐악!"

"크윽!"

공격하던 세 방향의 일진 세 명이 제각기 얼굴과 목, 가슴에 철전이 꽂혀 나뒹굴었다.

일진 사십 명 중에서 단 세 명만 쓰러졌는데도 소나기처럼 찔러오던 철창의 기세가 미약하게나마 멈칫! 하는 것을 설영은 생생하게 느꼈다.

'창진(槍陣)이었군.'

일진 사십 명의 철창 공격이 하나의 진이었다는 사실을 설영은 그제야 깨달았다.

바야흐로 설영과 정미의 전합투가 먹혀들고 있었다. 이 기세를 몰아 완전히 깨부숴야만 한다.

"북북동, 남서, 남남서, 남서미남."

설영은 쌍검을 휘둘러 철창을 쳐내면서 빠르게 주위를 살피며 계속해서 전음을 보냈다.

지금 그는 아무렇게나 방위를 불러주고 있는 것이 아니다.

자신이 쳐내는 철장을 잡고 있는 사오고수의 자세가 미미하게 무너지면서 허점이 드러나는 것을 확인하는 것과 동시에, 정미에게 철전을 던질 수 있는 공간을 만들어주면서 아울러 방위를 불러줘야 하는 것이다.

그런 점에서 설영은 나무랄 데 없이 완벽했고, 정미 역시 호흡이 잘 맞았다.

"끄악!"

"캐액!"

방금 설영이 불러준 방위로 쏘아 보낸 정미의 네 자루 철전에 또다시 세 명이 거꾸러졌다.

설영과 정미는 한 사람이 움직이는 것이나 다름없는 민첩한 동작을 보이고 있었다.

영검낭자 시절에 피땀을 흘리면서 전력으로 수련한 결과가 지금 나타나고 있는 것이다.

그 당시, 설영은 여자로 행세를 하고 있었기 때문에 전합투를 수련할 때에는 사전에 미리 사타구니를 칭칭 동여 묶어서 자신의 음경이 정미나 혜윤의 엉덩이를 자극하지 않도록 애를 썼었다.

그렇지만 지금은 설영이 남자라는 사실을 정미가 알고 있기 때문에 굳이 그럴 필요가 없었다. 아니, 몰랐다고 해도 음경을 싸맬 여유 같은 것이 있을 리가 없었다.

정미는 이리저리 부지런히 움직이면서 자신의 엉덩이로 설영의 음경을 마구 비벼대고 있었지만 추호도 이상한 생각이 들지 않는 듯했다.

설영 역시 마찬가지였다. 그녀를 손톱만큼도 여자라고 여기지 않기 때문이었다.

서서히 사오고수의 일진이 무너지기 시작했다.

주마가편(走馬加鞭). 달리는 말에 채찍을 가한다.

놈들이 새로운 진영을 짜기 전에 아예 일진을 일패도지(一敗塗地)시켜야만 하는 것이다.

세 차례 호흡할 짧은 시간에 여섯 명을 잃은 일진은 크게 흔들리기 시작했다.

사십 명 중에서 겨우 여섯 명이 죽은 것뿐이지만, 그것은 바퀴의 굴대에 연결된 사십 개의 바퀴살 중에서 여섯 개가 부러져서 삐걱거리는 이치와 같았다.

설영은 신들린 듯이 쌍검을 휘둘러 철창들을 쳐내면서 계속해서 방위를 불러주었고, 정미는 한 치의 오차도 없이 그 방위대로 철전을 던져 냈다.

명중률은 자그마치 구 할.

정미는 설영의 전음을 듣는 즉시 상대는 보지도 않은 채 방위만 확인하면서 철전을 던지고 있었다.

설영의 계시(啓示)가 워낙 정확하기 때문에 정미는 아마 눈을 감고 던져도 칠, 팔 할은 명중시킬 수 있을 터이다.

전합투를 전개할 때의 방위는 일반적으로 사용하는 방위와 조금 다르다.

보통의 방위는 십이지(十二支)로 표시하여 북과 남을 자(子)와 오(午), 즉 자오선(子午線)이라 하고, 동과 서가 묘유선(卯酉線)이다.

그리고 이 두 선이 교차하여 생기는 각(角)을 이등분하여 각각 북동, 남서, 북서, 남동의 방위를 정하고 이것을 팔방위(八方位)라 한다.

또한 이를 다시 세분하여 북과 북동 사이를 북미동(北微東), 북북동, 북동미북(北東微北) 등의 방위를 정하여 삼십이방위라고 한다.

그런데 전합투에서의 방위는 외투수가 향하고 있는 정면을 북쪽, 배후를 남쪽, 즉 자오선으로 정하여 기준으로 삼는 것이 다르다.

설영은 적들이 새로운 진영으로 변형하기 전에 창진을 와해시킬 생각을 했다.

그러자면 전합투보다 조금 더 강력한 투술이 필요했다.

"비강투(飛降鬪)!"

그가 재빨리 전음을 보내자 정미가 즉시 허리를 굽혀 한 아름의 철전을 긁어모아 품에 안고 나서 두 발을 설영의 두 발등에 얹었다.

타앗!

그 순간 설영이 발끝으로 가볍게 지면을 박차는 것과 동시에 허공으로 쏜살같이 솟구쳤다.

그 바람에 지상에 있던 일진과 이진은 찰나지간에 표적을 잃고 말았다.

그러나 지붕에서 대기하고 있던 자들은 일제히 활시위를 팽팽하게 당기고 창을 내뻗을 자세를 취했다.

설영과 정미가 적당한 높이까지 솟구치면 한꺼번에 공격을 퍼부으려는 것이다.

적들은 설영과 정미가 마침내 도주를 하는 것이라고 판단한 것 같았다.

그러나 설영은 지상에서 일 장 반 높이로 솟구쳐 오른 순간, 즉시 천근추의 수법을 발휘하여 느닷없이 아래로 뚝 떨어져 내렸다.

그가 다시 하강할 줄 예상하지 못했던 사오고수들은 움찔 놀라며 순간적으로 공격할 기회를 놓치고 말았다.

그 순간 설영의 쌍검이 위에서 아래로 계단처럼 켜켜이 허공을 베면서 뿌려졌다.

스스슷!

그리고는 그의 쌍검에서 각각 세 송이씩 여섯 송이의 자색 꽃이 피어났다.

하지만 자색 꽃송이들은 피어날 때보다 더 빠르게 사라져 버렸다. 번쩍! 하고 불빛이 명멸한 것처럼 찰나지간이었다.

그 대신 여섯 송이 자색 꽃이 피어났다가 사라진 허공의 여섯 군데에서 마치 허공이 상처를 입어 피를 흘려내듯, 여섯 줄기의 자색 빛살이 뿜어지며 지상을 향해 번갯불 같은 속도로 내리꽂혔다.

아미파의 절학 중 하나인 자우파풍검법이었다.

그와 동시에 정미도 지상을 향해 연이어 맹렬히 철전을 쏘아내기 시작했다.

어지러운 비명 소리와 함께 사오고수 아홉 명이 한꺼번에 거꾸러졌다.

자우파풍검법 검기에 여섯 명이, 철전에 세 명이 죽었다.

그것으로 사오고수 첫 줄의 창진은 지리멸렬 흐트러지고 아수라장이 돼버렸다.

츠파아앗!

쉬익! 쉭! 쉭!

설영은 발끝으로 찔러오는 창끝을 밟고 재차 허공으로 도약하면서 다시 한 번 자우파풍검법을 뿜어냈고, 정미도 네 개의 철전을 힘껏 던져냈다.

이번에는 열 명이 거꾸러졌다.

그것으로 창진은 완전히 와해됐다. 바퀴살 삼분의 이가 빠져 버리면 바퀴는 더 이상 구르지 못하고 주저앉고 만다.

치치칭! 칭! 칭!

설영이 아직 허공중에서 하강하고 있을 때 갑자기 대로의 양쪽에서 괴이한 쇳소리가 울려 퍼졌다.

그가 재빨리 아래를 굽어보니 이진 흑봉 대열이 빠르게 앞으로 나서고 있었다.

문득, 설영의 시선이 한 자루 흑봉 끝에 멈추는가 싶더니 가볍게 눈이 빛났다.

흑봉 끝에 달린 반월 모양의 칼날이 아까보다 위로 더 튀어나왔는데, 그 아래로 반짝이는 줄 같은 것이 보였다.

'은강쇄(銀鋼鎖)!'

은강(銀鋼)은 신강성에서 나는 특수한 쇠붙이로, 강철 중에서도 제일 강하다고 알려져 있다. 그것을 녹여서 사슬로 엮어 만든 것이 바로 은강쇄이다.

찰나지간, 설영은 흑봉 끝이 반월 모양의 칼날이며 그 안쪽에 은강쇄가 있는 용도를 간파했다.

이진 사십 명이 포위하고 있는 형태에서 설영과 정미를 향해 흑봉의 칼날, 즉 반월인(半月刃)을 쏘아내면 그 뒤로 은강쇄가 길게 뻗어 나와서 서로 연결하여 하나의 커다란 그물을 형성하게 되는 것이다.

즉, 은강쇄 그물 안에 설영과 정미를 가두려는 속셈이었다.

그 안에 걸려들면 꼼짝달싹 못하게 될 것이 분명했다. 검을 휘두르는 것은 물론이고 움직이는 것조차 불가능해져서 결국 제압되고 말 것이다.

설영과 정미는 살수 수업에서 그런 상황에 처했을 때에는 자결하여 스스로 살인멸구하라는 교육을 받았었다.

그러나 지금 하강하는 방향은 포위망의 한복판이다. 이대로라면 은강쇄망(銀鋼鎖網)에 걸려드는 것은 시간문제다.

판단과 생각은 짧았고, 행동은 그보다 더 짧았다.

빙글!

설영은 즉시 머리를 가슴팍에 묻으면서 앞으로 한 바퀴 구르듯이 회전을 했다.

정미는 그의 몸 앞에 안기듯이 찰싹 밀착한 상태여서 한 몸처럼 움직였다.

쉬쉬쉬이익!

그 순간 이진 사십 명의 사오고수들이 일제히 흑봉을 휘두르자 사십 개의 반월인이 직선을 그으며 설영과 정미를 향해 허공을 갈랐다.

포위망 안에는 일진의 창진을 형성했던 사오고수들 십여 명이 남아 있었고, 사십 개의 반월인은 그들의 머리 위로 덮어씌우듯 쏘아갔다.

탁!

"억!"

순간 공중제비를 한 바퀴 돈 설영은 발뒤꿈치로 제 일진의 사오고수 한 명의 이마를 걷어차면서 그 탄력으로 전면 허공을 향해 쏜살같이 쏘아 올랐다.

촤아앗!

"흐악!"

"끄아악!"

사십 개의 반월인이 포위망 안에 있던 십여 명의 창진 사오고수들을 도륙하고 있을 때, 설영과 정미는 제이선 흑봉진 머리 위를 날아 넘어 대로 왼쪽 제 삼진을 향해 포물선을 그으며 날아가고 있었다.

제삼, 사, 오진의 사오고수들이 도검을 치켜들고 설영과 정미가 하강하기를 기다렸다.

설영은 검 두 자루를 왼손에 모아 쥐더니 오른손으로 정미의 어깨를 움켜잡았다.

"영아, 그러지 마."

순간 정미가 그를 돌아보았다. 그녀의 얼굴에 절박한 애원의 표정이 가득 떠올라 있었다.

그녀는 설영이 자신의 어깨를 움켜잡았을 때 이미 알았다. 그가 자신을 포위망 밖으로 던지려고 한다는 사실을.

"던져도 다시 올 거야."

정미는 설영의 얼굴을 보면서 처절한 표정을 지었다.

그녀의 표정은 '나 혼자 살아갈 생각이었으면 오지도 않았어!' 라고 절규하고 있었다.

찰나지간 설영의 얼굴이 복잡하게 변하더니 곧 입가에 쓴 웃음이 머금어졌다.

"정미, 넌 바보다."

그러자 정미의 얼굴이 햇살처럼 밝아졌다.

"헤헤. 바보라도 좋아."

설영은 힘이 빠져서 더 이상 날 수가 없었다.

그와 정미는 제삼진과 사진 사이를 향해 비스듬히 하강하면서 설영은 자우파풍검법을 전개했고, 정미는 지니고 있는 철전을 모조리 내던졌다.

그리고 그 순간부터 두 사람 생애에서 오랫동안 기억될 가장 치열한 혈전이 시작되었다.

第八十章
금란지교(金蘭之交)

　당하현 동쪽 평원 너머에서부터 뿌옇게 여명이 밝아지면서 아침이 오고 있었다.

　설영과 정미, 그리고 천사오진의 치열한 혈전은 그때까지도 계속되고 있었다.

　형 설무검은 평원 한가운데에서, 아우 설영은 당하현 한복판에서 생사의 혈전을 벌이고 있는 것이다.

　"하악! 하아……."

　정미는 가쁜 숨을 몰아쉬면서 사력을 다해서 수중의 검을 휘두르고 있었다.

지금 그녀는 평소 공력의 일 할도 채 남아 있지 않은 상태였다. 쓰러지지 않은 것이 기적이라고 할 수밖에 없었다.

그러나 그녀는 적을 주살하는 것보다는 주저앉지 않으려고 더 필사적이었다.

주저앉아 버리면 설영이 그녀를 돌볼 수밖에 없다. 그러면 둘 다 죽고 만다.

절대 그럴 수는 없었다. 짐이 되지 않겠다면서 작정을 하고 설영을 도우러 온 그녀가 또다시 그의 짐이 될 수는 없다는 각오였다.

'그렇지만 더 이상 버틸 수가 없어……'

정미는 숨이 차서 심장과 폐가 금방이라도 큰 소리를 내며 터져 버릴 지경이었다.

그 정도는 어떻게든 견딜 수 있었다. 하지만 정신이 점점 아득해지고, 두 다리에 힘이 하나도 없으며, 온몸이 부들부들 떨리는 것까지는 어쩌지 못했다.

자정쯤 시작된 싸움이 묘시(새벽 6시)가 조금 지난 지금까지 이어지면서 설영과 정미는 백여 명의 천사오진 사오고수들을 주살했다.

사오고수의 무공은 일개 사파 고수보다 서너 배 이상 고강한 수준이었다.

굳이 비교하자면 낙성검가의 평검사 정도의 수준이라고

할 수 있었다.

그 정도의 고수를 설영과 정미 단둘이서 세 시진여 동안에 백여 명이나 죽인 것이다.

그런데 아직도 이백여 명이나 더 남아 있었다. 두 사람이 죽인 수의 두 배를 더 죽여야만 이곳에서 살아서 나갈 수가 있는 것이다.

정미는 검을 들고 있을 기력마저 남아 있지 않았다.

"헉… 헉……."

그렇지만 설영은 거친 숨을 몰아쉬면서도 계속해서 검을 휘두르고 있었다.

온몸과 얼굴에 시뻘건 피를 뒤집어쓴 설영과 정미는 마치 악귀 같은 섬뜩한 모습이었다.

더구나 흰 이를 드러낸 채 충혈된 눈을 부릅뜨고 거친 숨을 내쉬며 검을 휘두르는 설영의 모습은, 공격하고 있는 사오고수들마저도 소름 끼치게 만들었다.

설영은 처음에는 한 번 검을 휘두를 때마다 어김없이 한두 명을 죽일 수 있었다.

그리고 한 시진 전까지만 해도 한 명을 죽이려면 두세 차례 검을 휘두르면 되었다.

그런데 지금은 이를 악물고 열맷 번은 휘둘러야지만 적 한 명을 겨우 죽일 수 있는 상태가 돼버렸다. 그 정도로 지쳤다는 뜻이다.

공력이 고갈될수록 실수가 잦아지고, 그러면 허점을 노출하게 되어 상처를 입게 된다.

지금 설영은 최초 철전에 맞은 왼쪽 허벅지의 상처 말고도 일곱 군데를 더 다친 상태였다.

그중에서도 검에 찔린 옆구리와 도에 베인 등의 상처는 매우 깊고 컸지만 손을 쓸 여유가 없어서 그대로 방치해 두고 있는 상태였다.

그런데 정미는 오히려 설영보다 적은 세 군데 상처를 입었고, 그마저도 모두 가벼운 것들이었다.

설영이 철저하게 그녀를 보호했기 때문이고, 정미도 그 사실을 잘 알고 있다.

그래서 그녀는 더욱 참담한 기분이 됐고, 그렇기 때문에 더더욱 주저앉을 수가 없는 것이었다.

그녀는 설영이 지금 평소의 일이 할 정도의 공력밖에 남지 않았다는 것을 간파하고 있었다.

사오고수들도 지치기는 마찬가지였다. 그러나 설영과 정미만큼은 아니었다.

그들은 수적으로 우세하다는 점을 이용하여 처음부터 차륜전술(車輪戰術)을 구사했었다.

즉, 삼사십 명씩 도진(刀陣)이나 검진(劍陣)을 이루어 돌아가면서 끊임없이 공격을 퍼부었다.

그러니까 공격자 외에 다른 자들은 그동안 포위망 외곽을 돌면서 휴식을 취할 수 있는 것이다.

그러나 무엇보다도 설영의 심기를 건드리는 것은 그들이 아닌 다른 곳에 있었다.

세 시진 전이나 지금이나 꼼짝하지 않고 대로변 삼층 건물 지붕 위에 우뚝 서서 표표히 흑포 자락을 날리고 있는 사패황이 바로 그것이었다.

“흐악!”

그때 설영의 검이 측면에서 공격해 오는 사오고수 한 명의 심장을 깊숙이 찔렀다.

평소 같았으면 심장을 터뜨려서 죽일 깊이 만큼만 찔렀을 텐데, 기력이 딸리는 지금은 조절을 하지 못해서 칼코등이가 그자의 가슴에 닿을 정도로 깊숙이 찔러 검신이 등 뒤로 절반이나 튀어나왔다.

그는 검을 뽑기 위해서 검에 찔린 자의 배를 걷어차면서 힘을 주다가 힐끗 사패황을 올려다보았다.

순간 설영의 시선이 자신을 주시하고 있는 사패황의 번갯불 같은 눈빛과 정면으로 부딪쳤다.

그러나 설영은 겁을 먹기보다는 오히려 짙은 살의를 느끼고 자신도 모르게 어금니를 악물었다.

바로 그때 옆에 있던 정미가 힘없이 무너졌다.

다음 순간 기다렸다는 듯이 쓰러진 그녀의 몸 위로 사오고수들의 도검이 소나기처럼 쏟아졌다.

차차차창!

설영은 몸을 틀면서 미친 듯이 검을 휘둘러 그녀에게 쏟아지는 도검들을 모조리 막았다.

정미는 일어나려고 기를 썼지만 자꾸만 정신이 흐려졌다.

"영아……."

그러다가 끝내 정신을 잃어버렸다. 그녀는 지난 세 시진 동안 자신이 지니고 있는 능력 이상을 쏟아내고는 마침내 끝없는 나락으로 떨어졌다.

정미가 쓰러지는 것을 목격한 사오고수들이 기세가 살아나 공격이 한층 더 거세졌다.

설영과 정미를 천참만륙 난도질할 듯이 수십 자루 도검이 사방에서 소나기처럼 쏟아져 왔다.

"으으……."

설영은 정미 옆에 버티고 서서 이를 악문 채 사력을 다해 검을 휘둘렀다.

그러나 사오고수들의 공격은 끝없이 밀려오는 거센 파도 같았고, 설영은 엄동설한에 그 앞에 알몸으로 서 있는 것처럼 속수무책이었다.

그나마 조금 남아 있던 설영의 공력도 급속도로 고갈되기 시작했다.

이제는 적을 죽이는 것은 고사하고 방어를 하기에도 역부족인 상황이 되었다.

내 한 몸만을 지키면 되는 것과 누군가의 목숨까지 지켜야 한다는 것에는 큰 차이가 있다. 후자 쪽이 두 배, 아니, 서너 배 더 힘이 드는 것이다.

쩡!

"큭!"

마침내 극도로 지쳐 있는 설영은 자신의 정수리를 쪼개어 오는 한 자루 도를 막다가 검이 두 동강나면서 왼쪽 어깨를 깊게 베이고 말았다.

"크으으……."

그는 비틀거리다가 정미 옆에 한쪽 무릎을 꿇었다.

그 순간에도 그는 부러진 검을 마구 휘둘러 적들의 아랫도리를 베어 세 명을 쓰러뜨렸다.

그러나 그것이 이 상황에서 그가 취할 수 있는 마지막 공격이었다.

콰차차창!

"크으으……."

쏟아지는 도검을 부러진 반쪽짜리 검으로, 그것도 공력이 고갈된 상태에서 막는 것은 만 근 무게의 바위를 가느다란 막대기 하나로 막는 것처럼 버거웠다.

'빌… 어먹을 더러운 운명!'

설영은 바싹 마른 빨래에서 힘껏 물을 짜내듯이 마지막 한 움큼의 기력을 이끌어내어 반쪽짜리 검을 휘두르면서 속으로 욕설을 퍼부었다.

칠 년 전. 중천군림성이 멸문해서 무수한 죽을 고비를 넘기면서도, 그리고 형 설무검이 죽었다고 믿었을 때에도 원망하지 않았던 운명을, 그는 지금 욕하고 있었다.

평생 형이 죽은 것으로 알고 살게 내버려 두든지.

굳이 형이 살아 있다는 사실을 알게 했으면 만나게 해주든지 해야 할 것이 아닌가.

그런데 형제를 지척지간에서 싸우게 만들어 이 지경을 만들어야 하느냐는 말이다.

더러운 운명이라는 것이…….

문득 설영은 더 이상 검을 휘두른다는 것 자체가 무의미하다는 생각을 했다.

죽을힘을 다해서 몇 차례 도검을 더 막아낸들, 그리고 한두 놈을 더 죽여본들 대체 무슨 소용이 있으랴.

그래도 놈들은 아직 이백여 명이나 남아 있지 않은가.

게다가 저 삼층 꼭대기에 우뚝 서 있는 사신(死神) 같은 놈은 절대 설영과 정미를 살려서 보내지 않을 터이다.

바로 그때였다. 소나기처럼 쏟아지던 도검들이 한순간 거짓말처럼 뚝 끊어졌다.

설영이 더할 수 없는 절망감을 느끼면서 부러진 검을 들고 있던 팔을 그만 내려야겠다고 생각했을 때였다.

그는 정미를 한 팔로 감싸듯 안은 채 핏물로 범벅된 고개를 힘겹게 들었다.

얼굴에는 의아한 표정 대신 더러운 운명에 대한 증오심이 가득 떠올라 있었다.

그런데 방금 전까지만 해도 벌 떼처럼 공격하던 사오고수들이 설영과 정미에게 도검을 겨눈 상태에서 모든 동작을 멈추고 있었다.

공격은 멈췄지만, 설영과 정미가 움직이기만 하면 벌집을 만들겠다는 의도였다.

설영은 이끌리듯이 사패황을 쳐다보았다.

사패황은 한쪽 팔을 치켜든 채 서 있었다. 그로 미루어 그가 공격을 중지시킨 것이 분명했다.

"끌고 가라."

그때 사패황이 조용한 어조로 입을 열었다. 그런데 그 말소리는 굵직하면서도 범종을 울리듯 우렁찼다.

설영은 사패황의 말을 듣는 순간 문득 한 인물의 얼굴을 떠올렸다.

장도명이었다. 이들이, 아니, 사패황이 설영과 정미를 죽이지 않은 이유는 장도명이 살려서 끌고 오라고 명령했기 때문일 가능성이 컸다.

장도명이라면 설영에게 한 팔을 잃었으니 원한이 골수에 맺혀 있을 터이다.

하지만 설영이 그에게 품고 있는 원한에 비할 수는 없었다.

설영은 사패황에게서 시선을 거두지 않고 있었다.

그러면서 이런 상황에서도 한 가지 의문이 생겼다. 장도명은 일개 해적단 두령이며 간악하기 짝이 없는 지족식비(知足飾非)의 인간이다.

그런데 어떻게 사패황 같은 인물이 그의 수하가 될 수 있는 것인지 쉽사리 믿어지지 않았다.

그때 설영과 정미에게 도검을 겨누고 있는 사오고수 중에서 두 명이 한 걸음 앞으로 나섰고, 다른 자들은 도검을 더욱 바짝 겨누었다.

여차하면 찌르거나 베어버리겠다는 뜻이었으나, 설영은 손가락 하나 움직일 여력도 남아 있지 않았다.

사오고수 두 명이 설영의 혈도를 제압하려고 허리를 굽히면서 손을 뻗고 있었지만, 설영은 정미를 안은 채 앉아 있을 수밖에 없었다.

그때 사패황을 주시하고 있는 설영의 눈이 약간 커졌다.

그는 자신이 지금 온전하지 못한 상태라서 눈이 잘못되어 헛것을 보고 있는 것이라 여겼다.

그래서 눈을 한 번 깜빡이고 나서 다시 쳐다보았다.

그 순간 그는 자신의 어깨와 등에 사오고수의 손이 닿는 것을 느꼈다.

파팍!

"크윽!"

"흑!"

다 죽어가던 그가 도대체 어디에서 그런 힘이 난 것인가.

그는 사패황에게서 시선을 떼지 않은 상태에서 발작적으로 부러진 검을 휘둘렀다.

설영의 혈도를 제압하려고 팔을 뻗었던 두 명의 사오고수가 잘려진 팔에서 피를 뿌리면서 비틀거리며 물러섰다.

사패황을 쏘아보던 설영은 마침내 자신이 헛것을 본 것이 아니라는 결론을 내렸다.

'양궁표!'

틀림없었다.

지금 사패황의 뒤쪽 오층 건물 지붕에서 두 사람이 훌쩍 몸을 날려 사패황을 향해 곧장 쏘아가고 있는데, 그중 한 사람은 설영이 익히 알고 있는 사람이었다.

양궁표, 바로 그였다.

'어떻게……'

너무 놀란 설영은 지금 자신이 어떤 처지에 놓여 있는지도 잠시 망각했다.

아니, 설영은 양궁표만이 아니라 그와 함께 몸을 날리고 있는 또 한 사람도 전에 본 적이 있었다.

얼마 전에 설영과 단소예가 낙양성 내에서 낙성구궁검진에 갇혀 고전을 면치 못하고 있을 때, 양궁표가 몇몇 사람들을 데리고 와서 도와주었던 적이 있었다.

그때 한 발의 화살을 발사하여 단소예를 업은 설영을 그 화살에 태워서 탈출시켰던 사람.

설영은 그 사람의 이름은 모르지만, 그는 반호였다.

키잉!

양궁표가 사패황의 뒤쪽 머리 위에서 하강하며 발검을 하는 것과 동시에 머리를 쪼개어가자 그제야 사패황은 움찔 놀라 급히 뒤를 돌아보았다.

그만큼 양궁표와 반호의 움직임은 추호의 기척도 내지 않았던 것이다.

설영은 그 광경을 눈으로 보고 있으면서도 마치 꿈을 꾸고 있는 듯한 기분이 들었다.

'어째서 저 사람이……'

그런데 놀라운 일은 그것이 끝이 아니었다.

촤아아!

설영은 자신의 머리 위에서 갑자기 소나기가 쏟아지는 듯한 소리를 들었다.

그는 힘겹게 고개를 젖혀 위를 올려다보았다.

"……."

그리고는 방금 전에 사패황을 향해 덮쳐 가고 있는 양궁표를 발견했을 때만큼 놀라고 말았다.

허공에서 수백 명의 고수들이 마치 꽃잎이나 눈송이처럼 한꺼번에 쏟아져 내리고 있었다.

그들은 하나같이 백의 경장을 입었으며, 또한 모두 어깨에 검을 메고 있었다.

추호도 예상하지 못했던 일이라서 설영은 이번에도 눈을 깜빡이면서 다시 보았으나 절대 잘못 본 것이 아니었다.

"크악!"

"와악!"

그런데 허공에서 쏟아져 내리고 있는 수백 명의 백의고수들이 사오고수들을 공격하기도 전에 대로 양쪽 지붕 위에서 어지러운 비명 소리가 와르르 터져 나왔다.

그것은 백의고수들이 허공에서 하강하는 것과 동시에 그들의 동료들이 대로 양쪽 지붕 위에 있던 사오고수들을 공격했기 때문이었다.

무기끼리 부딪치는 소리가 터져 나오지 않고 비명 소리만 들리는 것으로 미루어, 지붕 위의 사오고수들은 대로의 설영과 정미에게만 신경을 쓰고 있다가 뒤에서 덮쳐드는 고수들에 의해 맥없이 당해 버린 것 같았다.

넋을 놓고 있다가 당하게 된 것은 지상의 사오고수들도 마찬가지였다.

촤촤촤촹!

허공에서 쏟아지는 백의고수들은 사오고수들의 머리 위 일 장 거리에 이르렀을 때에야 비로소 검을 뽑았다.

급습을 가하기 위해서 지척에 접근했을 때에야 검을 뽑은 것이다. 그리고 그것은 제대로 먹혀들었다.

방금 전까지만 해도 설영과 정미의 숨통을 옭죄던 사오고수들은 느닷없는 공격에 그야말로 추풍낙엽처럼 쓰러져 갔다.

설영 주변 사방에서 처절한 비명 소리가 어지럽게 터져 나왔고, 죽어가는 사오고수들이 허공에 뿌려대는 피가 피비(血雨)를 이루고 있었다.

영특한 설영이지만, 지금 이 순간만큼은 무엇이 어떻게 돌아가는 것인지 갈피를 잡을 수가 없었다.

양궁표와 반호가 왜 갑자기 이곳에 나타나서 사패황을 공격한다는 말인가?

더구나 사오고수들을 도륙하고 있는 정체불명의 백의고수들은 또 무엇이라는 말인가?

양궁표가 고수들을 이끌고 온 것인가?

그렇다면 대체 왜?

그가 설영을 도우러 온 것이라면, 어떻게 이곳에 갑자기 나타날 수 있었다는 것인가?

모든 것이 의문투성이였고, 그것들은 아무리 생각해 봐도 풀리지 않았다.

설영은 약간 멍한 상태에서 백의고수들과 사오고수들이 한데 뒤섞여 치열하게 싸우고 있는 광경을 쳐다보았다.

그러는 동안에 그는 조금씩 정신을 수습하고 있었다.

정신을 차려야지 하는 각성 때문이 아니라, 강인한 본능이 작용하고 있는 것이었다.

이성보다 앞선 본능이 그의 몽혼한 정신을 일깨우고 있었다.

그는 재빨리 자신의 주위를 둘러보았다. 그리고 그제야 어떤 광경을 발견했다.

백의고수들 수십 명이 설영과 정미를 등진 자세로 겹겹이 원을 형성한 채 사오고수들과 싸우고 있지 않은가.

백의고수들이 보여주고 있는 광경은 의심할 여지없이 설

영과 정미를 보호하고 있는 것이었다.

그 광경을 설영이 지금에서야 발견했을 뿐, 아마도 백의고수들은 허공에서 대로상에 하강하자마자 설영과 정미를 에워싸고 보호했을 것이다.

만약 백의고수들의 그런 신속한 대처가 아니었더라면, 혼란스러운 와중을 틈타서 필경 사오고수들이 설영과 정미를 죽였을 것이다.

이윽고 설영은 정신을 완전히 차렸다. 양궁표가 왜 갑자기 나타난 것인지, 백의고수들이 누구기에 자신을 돕고 있는지는 여전히 모르고 있는 상태지만, 한 가지 사실만은 분명했다.

그들 모두가 설영과 정미 두 사람을 구하기 위해서 왔다는 것이다.

그렇게 판단한 설영은 즉시 가운공(假運功)을 시작했다.

운공조식은 완전히 몰아지경(沒我之境)에 빠져서 운공에만 전념하는 것이다.

그러나 가운공은 절반만 운공을 하고 절반의 정신은 깨어 있는 상태를 말한다. 물론 절반만 운공을 하는 것이므로 효과도 절반만 얻을 수 있다.

즉, 지금 상태의 설영이 본래의 공력을 완전히 회복하려면 반 시진 정도 운공에 몰두해야 가능하지만 가운공 상태에서는 그 두 배인 한 시진이 소요되는 것이다.

물론 그가 가운공을 하는 이유는 지금 벌어지고 있는 상황을 완전하게 믿지 못하기 때문이었다.

설영은 가운공 상태에서 아주 조금씩 공력을 회복하는 것과 동시에 절반뿐인 정신으로 백의고수들을 살펴보았다.

백의고수들이 전개하는 검법은 매우 독특했다.

일단 그들의 검법은 몹시 간단명료했다. 그것은 무슨 초식 같은 것이 아니었다.

공격과 방어. 단 두 가지만 있는 검법이었다. 그리고 곡선이 아닌 직선의 검법이었다. 직선과 직선으로만 이어지는 매우 절도 있는 검법.

예를 들어, 백의고수가 사오고수의 목을 노리고 일직선으로 검을 찔러간다.

사오고수가 급히 오른쪽으로 피하면 목을 찔러가던 검이 즉시 목표를 바꿔 심장을 찔러간다.

사오고수가 오른쪽으로 피하면 자연적으로 심장 부위에 빈틈이 드러나기 때문이다.

만약 사오고수가 오른쪽으로 계속 피하여 심장을 찌르는 것이 여의치 않게 된다면, 이번에는 검이 방향을 꺾으면서 목을 베어간다.

마치 처음부터 목을 베어가는 것을 목적했던 것처럼 자연스러운 변환이다.

실로 숨 돌릴 틈이 없는 계속된 공격의 변화인 것이다.

만약 목을 찔러오는 검을 사오고수가 도검을 들어서 막는다면, 검과 무기가 맞부딪치는 순간 백의고수의 검은 상대의 무기 위를 미끄러지듯이 흐르면서 여지없이 급소를 찌르거나 베어버린다.

결론적으로 말하자면 백의고수들의 검법은 단조로운 공격과 방어밖에 없으면서도 지독하게 빨랐다.

그것은 어렵고 복잡한 초식의 묘리를 깨우치는 것이 아니라, 단순한 공격과 방어의 동작을 혹독하게 수련해야만 가능한 검술이었다.

설영은 무림에 그런 종류의 검법이 존재한다는 말을 들은 적이 없었다.

사실 그 검법은 동영의 자객검인 쇄린류였다.

설영은 눈동자를 굴려 이번에는 다른 쪽을 쳐다보았다.

자신을 등진 채 싸우고 있는 백의고수들 사이로 바깥의 상황이 언뜻언뜻 보였다.

자세히 살펴보지 않아도 사오고수들이 지리멸렬하고 있다는 것을 알 수 있었다.

설영이 보기에 백의고수들의 검법이 빠르고 독특하기는 하지만, 사오고수들보다 고강하다고 보기는 어려웠다.

그렇지만 사오고수들은 세 시진여 동안 설영과 정미와 치열하게 싸우느라 많이 지쳐 있는 상태였다.

더구나 백의고수의 수는 삼백여 명에 달했다. 수적으로도 우세한 것이다.

문득 설영은 양궁표와 반호가 사패황을 덮쳐 가고 있었다는 사실을 기억해 내고 급히 그곳을 쳐다보았다.

그즈음 양궁표와 반호, 사패황은 한데 어울려 치열한 격전을 벌이고 있는 중이었다.

설영이 얼핏 보기에 세 사람의 무공 수준은 그다지 차이가 나지 않는 것 같았다.

굳이 강약을 따지자면 셋 중에서 사패황이 제일 고강했고 그다음이 양궁표, 반호 순이었다. 그렇지만 그 차이는 미미한 정도였다.

설영과 사패황이 싸운다면 백중지세를 이루거나 미미한 차이로 설영이 우세할 것 같았다.

사패황의 공력은 이 갑자 십 년, 즉 백삼십 년 수준으로 이 갑자인 설영보다 십 년 정도 높지만 설영에게는 아미파의 절학이 있다.

모자란 십 년의 공력을 초식으로 보충하고도 남음이 있기 때문에 사패황을 근소한 차이로 이길 수 있을 것이다.

예전에 설영은 낙영루에서 양궁표와 한 차례 대결을 벌인 적이 있었다.

그때 설영은 미미한 우세로 결국에는 양궁표를 궁지에 몰아넣을 수가 있었다. 백 년 공력인 양궁표가 공력에서 약간 딸렸기 때문이었다.

그러므로 양궁표와 반호의 합공은 사패황을 충분히 궁지에 몰아넣고도 남음이 있었다.

사패황이 보통의 도보다 절반이나 더 큰 대도를 휘두르면서 펼치는 도법은 가히 패도적이고, 일도(一刀)로써 능히 산악을 허물고도 남을 만한 위력을 발휘하고 있었다.

그러나 양궁표와 반호가 전개하는 검법에 비하면 월광과 반딧불의 차이가 났다.

양궁표와 반호는 똑같은 검법과 보법을 사용하고 있었다.

설영은 예전에 양궁표의 검법을 상대했던 적이 있기 때문에 그 위력을 잘 알고 있다.

그때 설영은 만약 양궁표의 공력이 십 년 정도만 더 높아서 자신과 대등한 수준이었더라면, 오히려 패하는 사람은 자신이었을 것이라고 생각했었다. 그 정도로 양궁표의 검법은 대단했었다.

그러나 설영은 그 검법의 이름이 초일검류 중에 이초식 천궁류이며, 그것을 전수해 준 사람이 형 설무검일 줄은 꿈에도 상상하지 못하고 있었다.

양궁표와 반호가 검을 휘두르고 떨칠 때마다 손목 굵기의 붉고 굵은 검기가 번갯불처럼 뿜어지면, 사패황은 감히 마주 상대하거나 도를 들어 막으려고도 하지 못하고 피하느라 전전긍긍했다.

설영이 볼 때 양궁표의 검법은 지난번에 대결했을 때보다 조금 더 발전한 것 같았다.

그리고 한 가지 변한 것이 있었다. 양궁표가 사용하고 있는 검이 바뀌어 있었다.

예전에 그는 평범한 삼척장검을 사용했는데, 지금은 거무튀튀한 흑회색의 검이었다. 반호 역시 같은 종류의 검을 사용하고 있었다.

설영은 두 사람의 검이 평범하지 않을 것이라고 한눈에 짐작할 수 있었다.

쩡!

"우웃!"

그때 계속 궁지에 몰리던 사패황이 절박한 순간에 처한 상황에서 대도를 들어 황급히 양궁표의 흑검, 즉 이룡검을 막았으나 이룡검은 그대로 대도를 부러뜨리면서 사패황의 가슴을 비스듬히 갈랐다.

만약 대도로 막지 못했더라면 이룡검은 사패황의 몸을 통째로 잘라 버렸을 것이다.

절반뿐인 부러진 대도를 쥐고 갈라진 가슴에서 피를 철철

흘리면서 비틀비틀 뒤로 물러나던 사패황의 얼굴이 보기 싫
게 참담히 일그러졌다.

그의 얼굴에는 분노와 불신, 두려움 따위가 한꺼번에 떠올
라 뒤범벅된 상태였다.

순간 양궁표와 반호가 끝장을 낼 듯이 덮쳐 가자 사패황은
비틀거리면서 몇 걸음 물러나다가 갑자기 몸을 돌려 뒤도 돌
아보지 않고 도주하기 시작했다.

그러나 양궁표와 반호는 사패황을 죽이는 것이 목적이 아
닌 듯 뒤쫓지 않고 그 자리에 서서 잠시 바라보다가 사패황이
멀어지자 비로소 몸을 돌렸다.

"영아!"

그때 가까이에서 누군가 설영을 부르는 소리가 들렸다.

설영은 급히 소리가 들려온 곳을 쳐다보며 두리번거렸다.
이곳에서 정미 말고 자신의 이름을 알고 있는 사람이 있을 리
가 없었다.

문득 설영은 백의고수들 사이에서 이쪽으로 달려오고 있
는 낯익은 한 사람의 얼굴을 발견했다.

'태무!'

그렇다. 그는 다름 아닌 태무였다.

설영의 단 하나뿐인 남자 친구.

태무를 발견한 설영은 크게 놀랐다가 잠시 후 입가에 부드

러운 미소가 피어났다.

며칠 전에 안휘성 부양현의 객잔에서 자고 있던 설영에게 장도녕이 근처까지 다가와 있다고 위험을 알려준 사람이 바로 태무였다.

그때 설영은 자신이 낙양성을 빠져나와 부양현까지 이천오백여 리를 오는 동안에 줄곧 태무가 자신들을 먼발치에서 호위하고 있었다는 사실을 깨달았다.

태무라면 지금 이곳에 갑자기 나타났다고 해도 조금도 이상할 것이 없었다.

그는 사부 장도명을 거역해서라도 능히 설영을 구하려고 할 사람이었다.

태무가 달려오자 설영과 정미를 등 뒤로 호위한 채 싸우고 있던 백의고수들, 즉 태무의 사조직인 계명성의 고수들이 잠깐 길을 열어주었다가 즉시 닫았다.

"영아!"

태무가 반갑게 외치며 설영 앞에 다가와 서슴없이 무릎을 꿇고 앉았다.

설영은 가운공 상태라서 주위의 말을 듣거나 사물을 볼 수는 있어도 입을 열어 대답을 할 수는 없는 상태라서 그저 미소를 지으며 태무를 바라만 보았다.

태무는 그런 설영을 보고 그가 가운공 상태라는 사실을 즉시 알아차리고는 반가운 마음을 잠시 접은 채 기다리면서 그를 묵묵히 바라보았다.

그런 태무의 얼굴에는 잔잔한 미소가 떠올라 있었다. 평소 그에게서는 구경하기 어려운 미소였다. 설영이 아직 무사한 것을 보고 안도하는 미소였다.

설영은 양궁표와 태무까지 나타난 마당에 지금 굳이 조급하게 공력을 회복할 필요가 없다는 사실을 깨닫고 가운공을 중지했다.

"무야."

설영이 긴 한숨을 토하면서 태무를 보며 부드러운 미소를 짓자 태무는 안도의 표정을 지었다.

"밤을 새워 쉬지 않고 달려왔는데도 늦고 말았다. 미안하구나. 널 다치게 해서……."

태무는 온몸에 피를 뒤집어쓰고, 또 성한 곳이 없을 정도로 심하게 다친 설영을 살펴보고 나서 죄스러운 표정을 지으며 고개를 떨구었다.

태무를 바라보는 설영의 미소가 조금 더 부드러워졌다.

"난 괜찮아. 죽지는 않았잖아."

"영아……."

"아니. 죽는다고 해도 무, 널 원망하지는 않아."

설영의 진심 어린 말에 태무는 아무 말도 할 수가 없었다.

가슴속에서 뜨거운 무엇이 울컥 치밀어 오르고 눈앞이 뿌옇게 흐려졌기 때문이다.

철저하게 무매독신(無媒獨身)인 그에게 설영의 존재는, 그리고 그의 말은 감격 그 자체였다.

우정이란 이런 것이구나 하는 깨달음과 감동이 한동안 그를 뒤흔들어 아무 말도 못하게 만들었다.

태무는 낙화귀가 배신을 하여 설영을 낙성검가에 넘겼던 일 때문에 그가 자신을 원망하지는 않을 것이라고 생각했는데, 과연 그 믿음이 옳았다.

"어디 상처 좀 보자."

태무는 설영의 대답은 들어보지도 않은 채 그의 상체를 잡아 조심스럽게 바닥에 눕혔고, 설영은 거부하지 않고 따랐다.

태무는 능숙한 솜씨로 설영의 십여 군데 상처를 지혈하고는 품에서 금창약을 꺼내 골고루 뿌린 후 잘 스며들게 손으로 문질러 주었다.

특히 옆구리와 등의 두 군데 깊은 상처를 세심하게 신경을 써서 치료해 주었다.

"깊은 상처지만 잘 정양하면 괜찮을 거야."

슥!

치료가 끝난 후 일어나 앉은 설영이 두 손을 뻗어 태무의 두 손을 잡았다.

설영의 손은 따스했고 태무의 손은 얼음처럼 차가웠다.

그러나 설영의 체온에 의해서 태무의 손은 곧 따스해졌다.

두 사람은 손을 맞잡은 채 한동안 아무 말도 하지 않고 서로의 체온만을 느꼈다.

굳이 입을 열어 말을 할 필요가 없었다. 서로를 바라보면서 미소를 짓고 있는 두 사람 사이에는 말로는 설명할 수 없는 무수한 교감(交感)이 오가고 있었다.

그때 설영은 대로 맞은편 지붕 위에서 양궁표와 반호가 곧장 이쪽을 향해서 날아오는 것을 발견했다.

계명성 고수들, 즉 계명고수들이 긴장한 모습으로 검을 치켜들며 양궁표와 반호를 상대하려고 하자 설영이 태무에게 일러주었다.

"무야, 저들은 내가 아는 사람들이다."

"우리 편이다."

그러자 태무가 뒤돌아보면서 즉시 계명고수들에게 주의를 주었고, 그들은 양궁표와 반호가 자신들 머리 위를 날아 넘도록 내버려 두었다.

처척!

양궁표와 반호는 설영과 태무 옆쪽에 가볍게 내려섰다.

피범벅인 설영이 앉은 채 태무의 손을 놓으면서 양궁표를 쳐다보며 씩 미소를 지어 보였다.

"당신은 내 꽁무니만 따라다니는 것인가?"

설영을 굽어보는 양궁표와 반호의 얼굴에 감개무량한 표정이 잔물결처럼 일렁거렸다.

양궁표는 설영을 처음 만났던 순간부터 그에게 특별한 감정을 지니고 있었다.

그런데 그가 자신이 가장 존경하면서 하늘처럼 섬기는 설무검의 친동생이라는 사실을 알고 난 후, 어째서 자신이 설영에게 그토록 특별한 감정을 품고 애착을 갖게 된 것인지 깨닫게 되었다.

마음이 깊게 얽히고 감기는 정서전면(情緒纏綿)의 정은 꼭 남녀 간에만이 아니라 사내들끼리도 느낄 수 있는 것이다.

설영은 아무에게나 자신의 감정을 드러내거나 친밀감을 나타내는 성격이 아니다.

그러나 양궁표에게만은 달랐다. 설영이 금호방주를 암살하기 위해서 금호방에 매복해 있다가 처음 양궁표를 보게 된 이후부터 지금 이 순간까지, 두 사람의 만남은 큰 의미와 획(劃)을 그어왔다.

두 사람은 서로에 대해서 아는 것이 거의 없는 상태였지만 언젠가부터 의기(意氣)가 교차하기 시작했고, 결국에는 투합(投合)했었다.

두 사람이 서로에 대해서 느끼는 것을 말로 설명하라고 하면 쉽지 않을 것이다.

그렇지만 정말 깊고도 질긴 정이란 그처럼 설명할 수 없는 것이 아니겠는가. 두 사람은 그렇게 하여 오늘에 이르게 된 것이다.

양궁표는 설영을 굽어보면서 빙그레 미소를 지었다. 그의 미소 역시 아무에게나 짓는 미소가 아니었다.

설영은 양궁표의 미소가 태무의 미소와 비슷하지만 조금 다른 그 무엇을 느꼈다.

그런데 잠시 후에 그것이 윗사람이 아랫사람에게 지니고 있는 자애로움이라는 사실을 감지하고는 설영은 조금 의아한 기분이 되었다.

"얼마나 다쳤느냐?"

양궁표는 미소만이 아니라 실제 집안의 어른이 아랫사람에게 대하듯 자상한 표정으로 설영에게 물어보았다.

"견딜 만해."

설영은 싱긋 웃어 보인 후 궁금하게 여기던 것을 물었다.

"여긴 어떻게 알고 온 거야? 나한테서 무슨 향기로운 냄새라도 나는 거야?"

그는 태무와 양궁표가 서로 모르는 사이며, 그들이 거의 같은 순간에 이곳에 나타난 것이 우연의 일치였을 뿐이었다고 판단했다.

양궁표는 설영에게 가까이 다가와서 여태까지보다 더 자애로운 미소를 지었다.

"물론 구수한 냄새가 나더구나. 그래서 나는 지금부터 죽을 때까지 너를 따라다닐 생각이다."

"뭐… 야? 징그럽게……."

설영은 얼굴을 찌푸리며 양궁표를 흘겼다. 하지만 싫지 않은 얼굴이었다.

"호, 영아를 업어라."

양궁표의 말에 반호가 즉시 다가와 설영이 뭐라고 할 사이도 없이 그를 번쩍 안아 등에 업었다.

"어… 어? 뭐 하는 거야?"

설영이 어리둥절해 하자 움찔 놀란 태무가 수중의 검을 반호와 양궁표에게 겨누며 냉랭하게 외쳤다.

"무슨 짓이오? 당장 내려놓으시오!"

계명고수들도 일제히 양궁표와 반호에게 검을 겨누고 여차하면 공격할 태세를 갖추었다.

"아니, 괜찮아."

설영은 태무에게 손을 들어 보인 후 양궁표에게 물었다.

"그런데 어떻게 내 이름을 알지?"

양궁표는 빙그레 웃으며 턱으로 태무를 가리켰다.

"조금 전에 젊은 친구가 네 이름을 부르더군."

"아……."

그즈음 사오고수들은 죽은 자 외에 이곳에 남아 있는 자들이 한 명도 없었다.

몹시 지쳐 있는 데다가 수적으로 불리한 상황에서도 사력을 다해서 계명고수들과 싸우던 사오고수들은 우두머리인 사패황이 부상을 입은 채 달아나 버리자 전의를 잃고 자신들도 뿔뿔이 흩어져 도망치고 만 것이다.

그러나 간신히 살아서 도망친 자들은 사오십 명에 불과했다. 천사오진의 대패였다.

"너는 나와 함께 가야겠다."

양궁표의 말에 설영은 가볍게 의아한 표정을 지었다.

"굳이 다른 곳으로 갈 필요는 없을 것 같군. 치료라면 이곳에서 해도 돼."

"월한루에 갈 생각이냐?"

"그걸 어떻게 알았지?"

설영은 월한루에서 치료를 할 생각이었는데 양궁표가 정확하게 집어내자 적잖이 놀랐다.

양궁표는 부드러운 미소를 지으면서 설영을 바라보았다.

"나는 낙양성에서 네가 금호방의 고수들에게 쫓기는 모습을 보았을 때, 네가 누구와 많이 닮았다는 느낌을 받았었다. 그래서 네가 남 같지 않다고 생각했었다."

그는 이제쯤 사실을 말해줘야겠다고 생각하자 가슴이 두 근거리고 조금 호흡이 가빠졌다.

양궁표는 반호에게 업혀 있는 설영의 어깨에 부드럽게 손을 얹었다.

"그런데 며칠 전에야 비로소 네가 누구와 닮았는지 알게 되었다."

"그가 누구지?"

사실 설영은 양궁표가 왜 자신에게 잘 대해주는 것인지, 그리고 왜 자신 역시 양궁표가 남처럼 느껴지지 않는 것인지에 대해서 오래전부터 궁금하게 여기고 있었다.

"네가 갖고 있는 기개와 분위기는 내가 모시고 있는 형님과 많이 닮았다."

"당신 형님이 누군데?"

설영의 의문은 더욱 짙어졌다.

양궁표의 표정이 매우 엄숙하게 변했다.

그를 주시하고 있던 설영의 표정도 덩달아 엄숙해졌다.

이윽고 양궁표가 경건한 어조로 입을 열었다.

"설무검."

"……."

설영은 멍한 얼굴로 양궁표를 쳐다보았다. 그는 자신이 잘못 들은 것이라고 생각했다.

"당신… 방금 누구라고 그랬어?"

"설무검."

잘못 들은 것이 아니다. 어이없는 표정을 짓고 있던 설영의 표정이 홱 돌변했다.

그는 몸부림을 치듯이 반호의 등에서 내려 비틀거리면서도 눈을 부릅뜨고 양궁표를 쏘아보았다.

"당신… 도대체 누구야?"

태무와 계명고수들이 일제히 양궁표와 반호에게 검을 겨누었다. 여차하면 난도질하고 말겠다는 기세였다.

그렇지만 양궁표와 반호는 나란히 서서 오히려 어깨를 쭉 펴고 당당한 자세를 취했다.

이어서 양궁표와 반호가 늠연하게 입을 열었다.

"나는 설무검 형님의 첫째 의제(義弟) 양궁표다."

"나는 다섯째 의제 반호다."

두 사람을 바라보는 설영의 두 눈이 더할 나위 없이 커졌고, 얼굴에는 경악지색이 가득 떠올랐다.

그는 양궁표와 반호의 말이 거짓말이라고 생각하지 않았다. 그들의 표정이 그것을 말해주고 있었다.

또한 설영은 자신이 왜 양궁표를 남 같지 않게 느꼈는지 깨달았다.

그의 기개와 태도, 표정, 어투가 형 설무검과 많이 닮아 있었던 것이다.

칠 년여 동안 설무검과 함께 생활하면서 그를 배우려고 무던히 노력했으니 당연한 일이었다. 설무검과 닮은 것은 반호도 마찬가지였다.

설영은 한동안 격동된 표정으로 말없이 양궁표와 반호를 번갈아 살펴보았다.

마치 두 사람에게서 형 설무검의 흔적이라도 찾아내려는 듯한 행동이었다.

설영은 형 설무검이 이천육백여 명의 사파 고수, 그리고 녹림 무리들과 싸우고 있는 와중에서도 양궁표와 반호를 보내준 것에서 형의 깊은 마음을 읽어내고 가슴이 떨렸다.

이윽고 그는 잠긴 목소리로 조심스럽게 입을 열었다.

"형님께선…… 지금 어떠십니까?"

친구처럼 대하던 설영의 말투가 변했다. 양궁표와 반호에게 존대를 하는 것은, 두 사람이 설무검의 의제인 것을 인정한다는 뜻이었다.

또한 양궁표와 반호가 설무검의 의제라면 설영에게는 의형이 되기 때문이었다.

양궁표는 빙긋 미소를 지었다.

"장도명의 졸개들이 떼거리로 공격하는 바람에 조금쯤은 귀찮아지셨어. 그래서 네게 직접 오지 못하시고 나와 오제더러 너를 데려오라고 하셨다.”

태무는 사부 장도명의 명령으로 사파 고수와 녹림 무리 이천육백여 명이 평원 한복판에서 십수 명의 고수들을 합공하고 있다는 사실을 수하를 통해서 보고받았었다.

그 당시에는 사부가 이천육백 명씩이나 투입해서 죽이려는 사람들이 대체 누구일까 잠시 궁금했지만 설영의 일이 워낙 화급을 다투는 상황이고, 그에게 달려가는 것이 우선이라서 깊이 신경을 쓸 겨를이 없었다.

그런데 지금 설영과 양궁표의 대화를 들어보니, 장도명이 죽이려는 사람이 바로 설영의 형인 설무검이라는 사람과 그 일행인 것 같았다.

그 사실은 예상하지 못했던 놀라운 일이지만, 태무는 그것보다는 양궁표의 말이 더 신경 쓰였다.

비록 사파 고수나 녹림 무리라고는 하지만 그 수가 무려 이천육백여 명이나 되면 웬만한 방파 두세 개쯤은 한두 시진 만에 쓸어버릴 수 있는 세력이다.

그런데 그들의 공격을 받은 설무검이라는 사람은 단지 ‘조금 귀찮아졌기 때문에’ 본인이 직접 설영에게 오지 못하고 의제들을 보냈다고 하는 것이다.

태무의 상식으로는 도저히 이해하기 어려운 말이었다. 이천육백여 명이나 되는 사파 고수와 녹림 무리를 아예 모기 떼

나 파리 떼로 보지 않고서야 어떻게 그런 말을 할 수 있겠는
가.

설영은 여태까지 형 설무검을 줄곧 걱정하고 있었으나 방
금 양궁표의 말을 듣고서야 비로소 과거에 형이 중천무림의
절대자인 검신이었다는 사실과 형이 누구에게도 패한 적이
없는 무적이었다는 사실을 새삼스럽게 상기했다.

형 설무검은 검의 신, 검신인 것이다. 검신이 하찮은 사파
고수나 녹림 무리에게 당할 리가 없다. 아무리 그들의 수가
수천 명이라고 할지라도.

가슴속을 짓누르고 있던 커다란 바위 하나를 덜어낸 설영
은 양궁표를 보며 빙그레 미소 지었다.

"이형님, 어디로 가면 형님을 만날 수 있습니까? 안내해 주
십시오."

설영이 붙임성 있게 '이형님'이라고 부르자 양궁표는 흐
뭇한 미소를 지었다.

"그러자꾸나."

문득 설영은 아까부터 자신을 빤히 응시하고 있는 반호를
쳐다보았다.

반호는 업고 있던 설영을 내려놓은 후부터 그를 유심히 살
펴보고 있는 중이었다.

그리고는 오래지 않아서 설영이 인중지룡(人中之龍)이라는

사실을 알아보았다.

그래서 과연 그 형에 그 아우구나라고 생각하면서 속으로 감탄을 하고 있던 참이었다.

그때 반호와 눈이 마주친 설영이 싱긋 미소를 짓고는 꾸벅 고개를 숙였다.

"오형님 덕분에 지난번 낙양성에서 저와 소예가 목숨을 건졌습니다. 늦게나마 감사드립니다."

낙양성에서 반호가 강궁을 쏘아 설영과 단소예를 화살에 태워서 탈출시켰던 일을 말하는 것이었다.

같은 남자끼리인데도 반호는 설영의 눈이 부시도록 아름다운 미소에 살짝 얼굴을 붉히고 나서 대답 대신 등을 내밀었다. 업히라는 것이다.

설영이 혼절해 있는 정미를 쳐다보자 태무가 즉시 그녀를 안아 들었다.

"나도 같이 가겠다."

태무는 아직도 양궁표와 반호에 대한 의심을 완전히 버리지 못했다.

第八十一章
형제상봉(兄弟相逢)

　설영과 양궁표 등은 당하현을 막 벗어나 평원으로 진입하다가 월한루에서 보낸 비합전서를 받았다.

　사패황이 이끄는 천사오진 삼백 명의 사오고수들이 설영과 정미를 집중 합공할 때에도 월한루는 일체 모습을 드러내지 않았었다.

　월한루주가 월한루에 소속된 이십여 명의 호위무사들을 이끌고 설영을 돕겠다고 나서봤댔자 ‘발갛게 달아오른 난로 위에 눈 한 송이가 떨어져서 녹는 격[紅爐上一點雪]’일뿐, 전혀 도움이 되지 못했을 것이다.

설영과 정미가 월한루의 영향권 내에서 죽는다면 물론 안타까운 일이다.

그렇지만 끝내 나서지 않은 월한루주의 결정은 냉정하고도 현명한 것이었다.

"이형님, 이미 싸움이 끝났다는군요."

비합전서의 서찰을 읽고 난 반호가 전서구를 날려 보내고 나서 양궁표에게 공손히 보고했다.

"형님께선 어디에 계신가?"

양궁표는 당연히 설무검 일행이 이겼을 것이라 믿고 물었다.

"야산에서 기다리고 계십니다."

"가자."

일행은 전속력으로 평원을 가로질러 야산을 향해 달리기 시작했다.

계명고수들은 모두 사라지고 태무는 혼자 정미를 업은 채 뒤따르고 있었다.

장도명의 제자라는 신분인 그가 설영과 양궁표 등과 함께 설무검에게 가고 있는 것은 어쩌면 섶을 지고 불속으로 뛰어드는 일일 수도 있다.

그러나 그는 설영을 굳게 믿었다. 그와 함께 있으면 안전하다는 사실을.

태무는 달리면서 슬쩍 설영을 쳐다보았다.

반호의 등에 업혀 있는 설영은 눈을 감고 있었다. 자는 것이 아니라 운공조식을 하는 중이었다.

저 멀리 야산이 보이는 곳에서 설영은 번쩍 눈을 떴다.

그는 눈을 감고 운공조식을 하고 있었기 때문에 어디쯤 왔는지도 알지 못했다.

또한 야산에 거의 다 와간다고 누가 말해준 것도 아닌데, 그는 야산을 오 리쯤 남겨둔 지점에서 정확하게 운공에서 깨어났다.

"오형님, 내려주십시오."

설영의 조용한 말에 달리던 사람들은 일제히 멈추고 그를 쳐다보았다.

"괜찮겠느냐?"

설영은 빙그레 미소를 지었다.

"아까보다는 많이 나아졌습니다. 형님께는 제 발로 걸어서 가고 싶군요."

양궁표 등은 설영이 눈을 감고 있는 것을 봤기 때문에 그가 운공을 하여 조금 기운을 차렸다고 생각했다.

양궁표는 가볍게 고개를 끄덕였다.

"그럼 부축해 줄 테니 걸어서 가도록 하자."

　반호는 조심스럽게 앉으면서 설영을 내려주었고, 양궁표와 태무는 그의 좌우에서 쓰러지지는 않을까 염려하는 표정으로 지켜보았다.

"가시죠."

　그런데 설영은 비단 쓰러지지 않았을 뿐만 아니라 갑자기 달리기 시작하면서 활기차게 말했다.

　설영은 이곳까지 달려오는 한 시진 남짓 동안 잠시도 쉬지 않고 네다섯 차례 연이어서 운공조식을 하여 평소의 공력을 완전히 회복한 상태였다.

　다만 상처가 쑤시고 아플 뿐이지, 그것만 견디면 움직이는 데에는 별문제가 없었다.

　양궁표와 반호, 태무는 설영의 보조를 맞추려고 일부러 천천히 달리다가 그의 속도가 점점 빨라지자 자신들도 속도를 높여야만 했다.

　그러나 어느 순간부터 양궁표와 반호, 태무는 조금씩 뒤처지기 시작했다.

　설영이 아미파의 실전된 절학이며 당금 무림에서 독보적인 경공인 백설풍운연(白雪風雲鳶)을 전력으로 전개하기 시작했기 때문이다.

　설영은 마치 팽팽하게 당겼다가 쏘아낸 화살처럼 순식간에 양궁표 등으로부터 멀어지고 있었다.

백설풍운연이라는 이름 그대로 눈발이 흩날리고 있는 허공을 한줄기 바람이나 한 조각의 구름에 올라 쏘아가는 솔개 같은 광경이었다.

그때 양궁표와 반호는 약속이나 한 듯이 동시에 슉! 슉! 하는 음향을 내며 무서운 속도로 쏘아나갔다.

설무검이 형제들과 현조운에게 전수해 준 경세적인 경공술 신풍연(迅風術)이었다.

백설풍운연이나 신풍연은 서로 우열을 가리기 어려울 정도로 뛰어난 경공이었다.

설영과 양궁표, 반호가 잠깐 사이에 아득하게 멀어져 세 개의 점이 되자 가볍게 놀란 태무는 공력을 극한으로 끌어올려 경공을 펼쳤다.

하지만 설영과 양궁표, 반호의 모습은 점점 더 멀어지기만 할 뿐이었다. 더구나 그는 정미를 안고 있는 상태라서 속도가 나지 않았다.

야산이 이백여 장 거리로 가까워진 곳의 평원에서 설영은 바닥에 어지럽게 쓰러진 채 죽어 있는 시체들 수십 구를 발견하고 신형을 멈추었다.

얼핏 봐도 얼마 전에 설영이 야산에서 싸웠던 장도명의 수하들이라는 것을 알 수 있었다.

그들의 시체는 야산의 경계 부근에서 평원의 북쪽까지 길게 이어져 있는 상태였다.

그로 미루어 설영은 형 설무검 일행이 평원의 북쪽에서부터 이곳 야산을 향해 남하하면서 장도명의 수하들을 도륙했다는 사실을 유추할 수 있었다.

그리고 형 설무검이 어째서 이천육백여 명이나 되는 장도명의 수하들과 싸우면서 야산이 있는 남쪽으로 이동했는지 짐작할 수 있었다.

설무검은 설영이 야산 어딘가에 있을 것이라 판단하고 아우를 구하러 이동한 것이다.

이천육백여 사파 고수와 녹림 무리들을 차례차례 찌르고 베면서, 그들의 피로 평원을 물들이고 시체를 밟으면서 보고 싶은 아우를 향해 남진한 것이었다.

설영은 자신도 모르게 신형을 멈추고 이끌리듯이 평원의 북쪽을 바라보았다.

그의 시선이 닿는 아득한 곳까지 사파 고수와 녹림 무리의 시체가 수백 장의 폭을 이룬 채 곧게 흐르는 강처럼 길고도 길게 이어져 있었다.

평원 곳곳에는 어느새 까마귀 떼들이 새카맣게 몰려들어 성찬을 만끽하고 있었다.

설영은 다시 시선을 야산 쪽으로 향했다. 그 순간 그는 그

자리에 돌처럼 굳어버렸다.

이백여 장쯤 떨어진 평원과 야산이 경계를 이루는 곳에 한 사람이 천신인 양 우뚝 서서 설영을 주시하고 있는 것을 발견한 것이다.

한 자루 검을 어깨에 멘 채 옷자락을 표표히 날리고 있는 후리후리하게 키가 큰 사내였다.

설영의 시선이 이끌리듯이 그 사내의 얼굴로 향했다.

온갖 풍상을 겪은 듯 즐풍목우(櫛風沐雨)의 모습이었다.

움푹 꺼진 두 눈과 양 뺨. 불쑥 튀어나온 광대뼈. 하늘을 벨 듯 우뚝 솟은 코와 굳게 꽉 다문 핏기 없는 입. 그런 것들이 사내의 모습을 더없이 강인하게 만들고 있었다.

원래는 한 올의 자비심 같은 것조차 없을 듯한 얼굴이었지만, 지금은 눈과 입술이 잔잔하게 흔들리면서 얼굴 전체가 미소를 머금고 있었다.

그리고 그 사내는 보통 사람보다 조금 더 긴 양 팔을 벌리고 있었다.

마치 무엇인가를 안으려는 듯.

그는 설무검이었다.

'형님…….'

설영의 여린 몸이 쓰러질 듯이 크게 휘청거렸다.

왈칵 눈물이 솟구쳤다.

칠 년여 동안 참고 참았던 눈물이 형 설무검을 본 순간 기다렸다는 듯이 한꺼번에 쏟아져 나오기 시작했다.

형은 죽지 않았다.

설영 자신이 아무리 짓밟아도 끈질기게 살아나는 잡초처럼 지난 칠 년여를 견뎌왔듯이, 형 설무검도 온갖 역경을 헤치고 저렇게 살아남은 것이다.

설영은 비틀거리면서 설무검을 향해 걸어가기 시작했다.

눈물이 자꾸만 흘러서 설무검의 모습이 뿌옇게 보였다.

걷던 설영의 걸음이 점차 빨라지는 것 같더니 어느 순간부터 달리고 있었다.

설영의 눈에는 태산처럼 우뚝 서 있는 설무검의 모습 외에는 아무것도 보이지 않았다.

설영은 속도를 멈추지 않고 달려가 두 팔을 벌린 채 거다리고 있는 설무검의 가슴으로 뛰어들었다.

"형님!"

설무검과 설영 형제는 서로를 힘껏 끌어안았다.

"영아……."

설무검은 설영의 등을 쓰다듬었다. 언뜻 그의 눈에 이슬이 맺히는 듯했지만 눈물을 흘리지는 않았다. 그의 눈물은 가슴 속에서 흐르고 있었다.

"형님! 으허엉! 엉엉!"

설영은 자신보다 머리 하나는 더 큰 설무검의 가슴에 얼굴을 묻은 채 아무 말도 못하고 그저 어린아이처럼 큰 소리를 내며 울기만 했다.

"오냐. 고생했다."

설무검은 부드럽게 설영의 등을 쓰다듬었다.

'오냐. 고생했다' 라는 그 한마디에 설영은 지난 칠 년 동안의 모진 고생들이 거짓말처럼 한순간에 깡그리 사라져 버리는 것을 느꼈다.

지금의 설무검은 중천무림의 절대자도 검신도 아닌, 그저 한 아우의 자상한 형일 뿐이다.

그리고 그가 안고 있는 설영은 검풍루의 살수도 무림을 공포에 떨게 만들었던 혈살신조의 한 명 옥룡살귀도 아닌, 그저 눈물 많고 여리기만 한 아우일 뿐이었다.

설무검 뒤쪽에는 단랑과 염탕, 오장보, 현조운, 곽정, 고선, 명한, 결사칠위가 설무검 형제를 호위하듯 반원을 형성한 채 둥글게 서 있었으며 그들 중에서 눈물을 흘리지 않는 사람은 한 명도 없었다.

그들 모두는 설무검에 대해서, 그리고 그가 동생 설영이 죽었다고 믿고 얼마나 깊은 슬픔에 잠겨 있었는지 너무도 잘 알고 있기 때문에 살아서 돌아온 설영을 만난 설무검의 심정을 이해할 수 있는 것이다.

조금 늦게 당도한 양궁표와 반호, 그들보다 더 늦게 태무가 당도했을 때까지 설무검과 설영은 포옹을 풀지 않은 채 서로를 안고 있었다.

"어디 좀 보자, 영아."

오랜 시간이 흐른 후에 설무검이 설영의 양 어깨를 잡고 품에서 떼어냈다.

설영의 몰골은 가관이 아니었다. 옷이 온통 찢어지고 베어진 데다 피를 뒤집어써서 아수라 같은 모습이었다.

더구나 머리와 얼굴에도 피를 뒤집어쓴 상태에서 눈물이 번져 꼴이 말이 아니었다.

그렇지만 설무검은 조금도 개의치 않았다. 그는 두 손으로 설영의 뺨을 부드럽게 어루만지고 눈물을 닦아주면서 한참이나 뚫어지게 들여다보고 나서야 입가에 미소를 머금었다.

"예쁘게 잘 자라주었구나."

설영은 입술을 삐죽거렸다.

"예쁘게 자라다니… 제가 뭐 여잔 줄 아세요?"

설무검은 껄껄 웃었다.

"허헛! 그래도 내 눈에는 예쁘게만 보인다."

"형님은 순……."

설무검은 설영의 어깨에 팔을 둘렀다.

"이제부터는 나와 함께 있도록 하자."

"네!"

설영은 아주 큰 소리로 씩씩하게 대답했다.

두 사람의 대화에 중인은 만면에 흐뭇한 미소를 지었다.

모두들 이천육백여 명의 사파 고수와 녹림 무리를 죽이는 과정에서 많은 상처를 입었다.

상대가 사파 고수와 녹림 무리이고, 이들은 일류 수준을 넘는 고수들이라고 하지만 농부가 논에서 벼를 베다가도 자칫 손이나 발을 베는 수가 있거늘, 하물며 이천육백여 명이나 되는 적들을 죽였는데 어찌 온전할 수가 있겠는가.

그들은 이곳에서 설영을 기다리고 있는 동안 상처를 치료하고 나서 근처의 냇물에서 대충 씻어 얼굴은 깨끗한 편이지만 입고 있는 옷은 피를 뒤집어써서 모두 혈의(血衣)로 변해 있었다.

치명적인 중상을 입은 사람은 천백검문의 제자, 명한 한 사람뿐이었다.

그는 등에서 복부로 관통되는 중상을 입었는데도 끝까지 버티다가 이곳에 도착하고 나서야 쓰러졌다.

명한은 한 옆에 누운 채 깊은 잠이 들어 있었는데, 설무검이 그를 치료한 후에 일부러 혼혈을 눌러 잠재운 것이다.

그렇지만 설무검만은 어디 슬쩍 긁힌 곳도 없이 말짱한 모습이었다. 다만 죽인 자들의 피가 많이 튀었을 뿐이다.

"속하 곽정이 소주를 뵈옵니다!"

그때 곽정이 설영 앞으로 나서며 그 자리에 엎드려 부복하면서 떨리는 목소리로 아뢰었다.

그러자 결사칠위도 일제히 부복하며 우렁차게 외쳤다.

"속하 군림결사칠위가 소보주를 뵈옵니다!"

설영은 반가운 얼굴로 곽정을 일으켰다.

"근근검! 네가 여기까지 어인 일이냐?"

곽정이 기쁨의 눈물을 흘리면서 훌쩍거리느라 정신이 없었기 때문에 양궁표가 대신 설명해 주었다.

"영아, 널 찾아서 낙양성을 헤매다가 운 좋게 우리와 만나게 되었단다."

설영은 곽정이 멀고 먼 악양에서 자신을 찾아 낙양까지 왔었다는 사실을 알고 가슴이 따뜻해졌다.

이어서 그는 그때까지도 부복해 있는 결사칠위를 일일이 일으켜 주었다.

"너희들, 죽지 않고 살아 있었구나……."

설영의 시선이 제일 먼저 금록에게 향했다.

"복코대장."

"소보주……."

강인하고 과묵하기로 소문난 금록이 굵은 눈물을 뚝뚝 흘렸지만 아무도 흉보지 않았다.

금록은 코가 워낙 크고 복스럽게 생겨서 예전에 설영이 '복코' 라는 별명을 지어주었었다.

설영은 금록 옆에 서서 하염없이 눈물을 펑펑 흘리고 있는 결사칠위의 홍일점 청랑을 발견하고는 환한 미소를 지으면서 손을 내밀었다.

"랑 누나……."

"으앙! 소보주!"

마침내 청랑은 어린아이처럼 큰 소리로 울음을 터뜨리면서 설영의 가슴에 안겨들었다.

예전에 설영이 열 살도 되지 않았을 때, 청랑은 군림결사위 대장인 금록의 명령으로 겁이 많은 설영의 측근호위를 담당한 적이 있었다.

그 당시 청랑은 군림결사위에 막 들어온 아십일 세 꽃다운 나이였었다.

중천군림보 최고의 정예고수인 군림결사위의 일원으로서 자부심이 남달랐던 청랑은 기껏 어린아이 잠자리 시중이나 들라는 금록의 명령에 처음에는 화가 나서 입이 댓 발이나 튀어나왔었다.

그렇지만 그녀는 사흘이 지나기도 전에 너무나 예쁘고 사랑스러운 설영에게 푹 빠져서, 무섭다고 칭얼거리는 설영을 품에 안고 잠을 재우기에 이르렀다.

이후 그녀는 낮에는 군림결사위로서 설무검을 호위하고, 밤에는 설영에게 달려와 함께 애기꽃을 피우며 수많은 밤을 한 이불 속에서 잠을 잤었다.

어린 나이에 어머니를 잃은 설영은 청랑에게 정을 느껴 자꾸만 그녀의 품속으로 파고들었고, 그를 가엾이 여긴 청랑은 그의 손을 자신의 앞섶 속으로 집어넣어 따뜻한 젖가슴을 만지게 해주었었다.

밤이 무서워서 잠을 못 이루던 설영이었지만, 청랑의 젖가슴을 만지기만 하면 안도하는 표정을 지으면서 곧바로 잠이 들곤 했었다.

그녀와는 열세 살 차이밖에 나지 않았지만, 청랑은 설영의 젊은 어머니나 다름이 없었다.

그때는 청랑이 어린 설영을 포근히 안아주었는데, 지금은 청랑보다 머리가 하나쯤 더 커져 버린 설영이 그녀를 가슴에 안아주게 되었다.

이어서 설영은 결사칠위의 나머지 다섯 사람하고도 일일이 인사를 나누었다.

설무검이 나란히 서 있는 단랑과 염탕, 오장보를 가리키며 미소를 지었다.

"영아, 이들은 내 의제들이다."

설영은 그들 앞으로 걸어가 꾸벅 허리를 굽혔다.

"막내 설영입니다. 앞으로 많이 사랑해 주십시오."

단랑과 염탕, 오장보가 환한 미소를 지으면서 차례로 자기 소개를 했다.

"셋째 단랑이야. 많이 예뻐해 줄게."

그렇게 말하면서 의미심장한 미소를 짓는 단랑.

"핫핫핫! 나는 넷째 염탕이라고 한다! 필요한 게 있으면 뭐든 말만 하라구! 막내! 응?"

정도 이상으로 거들먹거리면서 너털웃음을 터뜨리는 염탕.

"잘 부탁하네. 여섯째 오장보일세."

가장 어른 같은 막내 오장보의 의젓한 인사.

설영은 단랑을 보며 미소 지었다.

"우린 구면이죠?"

"그래."

"누나가 워낙 아름다워서 한 번 본 사람은 절대 잊지 못할 거예요."

"어머? 그런 말을……."

설영의 반지르르 기름 친 칭찬에 단랑은 평생 처음 여자다운 탄성을 터뜨리고 말았다.

"호호호! 막내는 정말 귀엽기도 하지!"

뿐만 아니라 정말 여자처럼 입을 가리고 설영을 곱게 흘기면서 교소를 터뜨리기까지 했다.

중인은 설영이 설무검과는 달리 매우 싹싹하고 붙임성이 좋은 성격이라는 사실을 깨달았다.

더구나 웬만한 사내는 찜을 쪄 먹고도 남을 단랑을 그저 말 몇 마디만으로 여자의 본색으로 전환시켜 놓다니, 기가 막힐 노릇이었다.

설영은 단랑 옆에 서 있는 고선을 쳐다보았다.

고선은 아까부터 설영에게서 한순간도 시선을 떼지 않은 채 살피듯 지켜보고 있다가 비로소 설영과 시선이 마주치자 배시시 미소를 지었다.

당금 이십사 세의 고선은 설무검 일행 중에서 가장 나이가 어리다.

더구나 그녀의 미모는 설영이 익히 알고 있는 은자랑이나 은리, 단소예와 비교해도 뒤지지 않을 정도였다.

아니, 고선은 오히려 그녀들이 갖고 있지 않은 특별한 것을 지니고 있었다.

고결한 우아함. 아직 다듬어지지 않은 혼금박옥(渾金璞玉)의 위엄 같은 것이었다.

설영은 고선을 보면서 신기한 듯한 표정으로 눈을 깜빡였다. 그는 중원에서 고선 같은 분위기의 절세미인을 한 번도 본 적이 없었다.

고선은 설영이 뚫어지게 주시하는데도 얼굴을 붉히기는커녕 그를 마주 바라보며 살피기에 여념이 없었다.

"낭자는 누구신가요?"

설영은 고선이 설무검의 형제 중 한 명일 것이라고는 생각하지 않았다.

딱히 무엇에 근거를 둔 것은 아니지만 막연히 그런 느낌이 들었던 것이다.

설영의 물음에 고선은 배시시 아름답고도 우아한 미소를 지어 보였다.

"글쎄, 누굴까요?"

백두(白頭)의 여걸 고선은 결코 호락호락한 여자가 아니다.

설영은 자신의 옆에 서 있는 설무검을 쳐다보았다.

설무검은 빙그레 미소만 지을 뿐 아무 말도 하지 않았다.

설영은 마주 서 있는 설무검과 고선을 번갈아 쳐다보면서 고개를 갸웃거렸다.

중인은 과연 설영의 입에서 무슨 말이 나올는지 기대하는 표정으로 지켜보았다.

이윽고 설영은 시선을 고선에게 고정시키며 환한 미소를 지었다.

"형수님이시군요?"

설영의 한마디는 모두의 입을 막아버렸다.

백두의 여걸 고선은 설영의 말에 얼굴이 능금처럼 빨개져서 고개를 푹 숙인 채 어쩔 줄을 몰랐다.

형제들이나 결사칠위는 모른 체하면서 헛기침을 했고, 설무검은 멋쩍은 얼굴로 고선을 외면했다.

설무검이 양연화에게 청혼을 한 사실은 그녀와 양궁표 두 사람밖에 모르는 사실이다.

평소에 고선은 자신이 설무검을 좋아하고 있다는 사실을 감추려들지 않고 솔직하게 표현과 행동을 했다.

설무검은 거기에 대해서 가타부타 별 반응을 보이지 않았지만, 사람들은 장차 모든 일이 끝난 후에 설무검이 혼인을 생각하게 된다면 그 상대는 당연히 고선이 될 것이라고 짐작하고 있었다.

그때 양궁표가 단랑에게 태무가 업고 있는 정미를 살펴봐 달라고 지시를 했다.

단랑은 즉시 정미를 안아서 풀 위에 눕힌 후 여기저기 살펴보기 시작했다.

이윽고 설영의 시선이 맨 끝에 서 있는 외팔이 사내에게 마지막으로 멈추었다.

설무검이 그 사내 현조운을 소개했다.

"영아, 칠 년 전에 그가 내 목숨을 구해주었다."

"아······."

설영은 나직한 탄성을 터뜨리더니 즉시 현조운을 향해 무릎을 꿇고 큰절을 올렸다.

"정말 고맙습니다! 이 은혜는 골백번을 죽어서도 갚지 못할 것입니다!"

양궁표는 그 모습을 보면서 빙그레 미소를 지었다. 그 역시 현조운을 처음 만났을 때 지금 설영처럼 큰절을 올렸던 기억이 났기 때문이다.

"소주, 일어나십시오. 이러시면 안 됩니다."

현조운은 크게 당황하여 급히 하나뿐인 팔로 설영을 부축해서 일으켰다.

모두들 화기애애한 분위기이지만 단 한 사람, 태무만은 웃을 수가 없었다.

그의 시선은 아까부터 좌중에서 약간 떨어진 바위 아래에 뚫어지게 고정되어 있었다.

그의 시선이 멈춘 곳에는, 장도명이 짐짝처럼 볼썽사나운 몰골로 나뒹굴어 있었다.

장도명은 상처를 입은 모습은 아닌데 혈도가 제압된 상태였고, 태무는 그것을 한눈에 알아보았다.

장도명은 바위 아래 마른풀 위에 얼굴이 처박힌 자세에서도 태무를 보면서 쉬지 않고 눈동자를 굴리는가 하면 눈을 껌

삑거리고 있었다.

제 딴에는 무엇인가 신호를 보내는 중이었고, 태무는 그것이 어떻게든 살려달라는 뜻이라는 것을 알아차렸다.

태무는 곤혹스러운 표정으로 장도명을 외면했다.

장도명은 설영에게 열 번을 죽는다고 해도 씻지 못할 큰 죄를 지었다.

더구나 그의 형 설무검에게까지 이천육백여 명의 수하들을 보내 죽이려고 했었다.

그러므로 여기에 있는 사람들 중에서 장도명을 죽이고 싶지 않은 사람은 한 명도 없을 것이다.

태무는 새삼스러운 시선으로 설무검을 쳐다보았다.

이천육백여 명의 사파 고수와 녹림 무리를 모조리 죽이고, 이곳까지 와서 장도명마저 제압해 버린 인물.

대저 당금 무림에서 어느 누가 그 정도의 절대적인 무위를 지니고 있다는 말인가.

'설무검……'

태무는 그의 이름을 입속으로 되뇌다가 한 가지 사실을 깨닫고 움찔 놀랐다.

'검신!'

그제야 비로소 설무검이 중천무림의 절대자였던 검신의 이름이라는 사실을 알아차린 태무다.

순간 태무의 시선이 설영에게 향했다. 설영을 바라보는 태무의 얼굴에 쓸쓸함이 물결처럼 일렁였다.

설영이 검신의 친동생이라는 사실 때문에 태무는 문득 커다란 괴리감을 느꼈다.

설영은 태무 자신과 같은 천애고아가 아닐뿐더러 실로 굉장한 신분이었던 것이다.

바로 그것이 태무를 초라하게 만들었으며, 설영을 몹시 낯선 사람으로 느껴지게 했다.

그때 설영은 태무를 설무검에게 소개하려고 그를 쳐다보았다.

그 순간 태무는 설영에게서 막 시선을 거두어 장도명을 쳐다보고 있었다.

설영은 태무의 시선을 따라서 눈길을 던지다가 장도명을 발견하고는 움찔 놀랐다.

"장도명!"

그의 외침에 중인의 시선이 일제히 장도명에게 집중됐다.

"이놈! 아직도 목숨이 붙어 있었느냐?"

설영은 장도명을 쏘아보면서 눈에서 살기가 번뜩였다.

결사칠위의 진명군이 다가가서 한 손으로 장도명의 어깨를 잡고는 질질 끌고 와서 설영 앞에 무릎을 꿇려 앉히고는 아혈을 풀어주었다.

설영은 장도명을 굽어보며 부드득 이를 갈았다.

"네놈이 내 손에 죽어야 할 이유는 일일이 열거할 수 없을 만큼 많다!"

장도명은 참담한 표정으로 눈동자만을 굴려서 설영을 올려다보았다.

그러더니 갑자기 굵은 눈물을 뚝뚝 흘리기 시작하면서 눈을 내리깔고 몸을 떨면서 흐느꼈다.

"크흐흑…! 내가 잘못했네……. 죽어서라도 죄를 씻고 싶네. 으흑! 어서 죽여주게……."

설영은 가볍게 눈살을 찌푸리면서 의아한 표정을 지었다. 설마 장도명이 이렇게 나오리라고는 조금도 예상하지 못했기 때문이다.

이런 상황에서 장도명은 무슨 수를 써서라도 살려고 발버둥을 쳐야 어울리는 인물인 것이다.

그러나 어쨌든 상관이 없었다. 죽여 달라고 하면 죽여주면 그만이다.

설영은 설무검을 쳐다보았다.

"형님, 이자를 제가 죽여도 되겠습니까?"

설무검은 가볍게 고개를 끄덕였다.

설영은 장도명을 굽어보면서 입가에 소름 끼치도록 잔인한 미소를 매달았다.

"장도명, 쉽게 죽이진 않을 테니까 처절한 고통을 느끼며 천천히 죽어가면서 네놈이 저지른 죄를 하나씩 반성해 보는 것도 괜찮겠지."

스릉—

설영이 가까이에 있는 곽정에게 손을 내밀자 그가 검을 뽑아 공손히 건네주었다.

설영은 검을 움켜쥐고 장도명에게 다가들었다.

"기대해도 좋다. 네놈의 팔다리를 자르고, 눈을 후벼 파고, 혓바닥을 잘라서 고통을 충분히 만끽하도록 해주겠다."

그러자 장도명이 움찔 몸을 떨면서 안색이 급변하더니 가까이 다가온 설영을 눈을 부릅뜨면서 쳐다보며 절규하듯이 큰 소리로 외쳤다.

"소보주! 부디 용서해 주십시오! 아니, 주인님! 소인이 평생 종이 되어 용서를 빌면서 모실 테니……. 제발 목숨만은 살려주십시오! 크흐흑!"

그는 조금 전까지만 해도 자신의 잘못을 뉘우쳤었는데, 지금은 그때와는 판이하게 눈물에 콧물까지 흘리면서 필사적으로 애원을 했다.

부릅뜨고 핏발이 곤두선 눈에는 죽음에 대한 공포와 삶에 대한 미련이 가득 담겨 있었다.

설영의 입초리가 잔인하게 비틀어졌다.

“이것이 네놈의 본모습이로군. 가증스러운 놈.”

그는 조소를 흘리면서 검을 장도명의 하나뿐인 팔, 오른쪽 어깨에 갖다 댔다.

이제 슬쩍 힘만 주면 팔이 잘려 나갈 것이다.

설영은 정말 자신이 말한 대로 장도명의 사지를 자르고 눈알을 뽑고 혀를 자를 생각이었다. 그렇게 해도 분이 풀리지 않을 것이다.

지금 당장 생각나는 방법이 그것뿐이지만, 그보다 더 잔인하게 죽이는 방법이 있다면 아무리 지독한 방법이라고 해도 마다하지 않을 것이다.

장도명은 실성한 사람처럼 눈알을 굴려 두리번거리다가 태무를 발견했다.

태무는 착잡한 표정으로 그를 쳐다보고 있었다.

그러나 장도명은 개의치 않았다. 그는 태무가 설영과 절친하다는 것을 잘 알고 있다. 그러므로 지금 이 순간 태무는 유일한 생존의 끈이었다.

“무야!”

장도명은 애처롭고도 간절하게 태무를 불렀다.

막 장도명의 팔을 자르려던 설영은 가볍게 표정이 변해서 뚝 멈추고 태무를 쳐다보았다. 태무가 장도명의 제자였다는 사실이 그제야 생각이 난 것이다.

설영은 태무의 표정이 종이를 힘껏 쥐었다가 놓은 것처럼 보기 싫게 구겨져 있는 것을 발견했다.

장도명은 설영이 태무를 쳐다보면서 표정이 약간 변하는 것을 놓치지 않았다.

"여보게, 자넨 내 제자 무하고는 둘도 없는 친구 사이가 아닌가? 만약 자네가 날 죽인다면 무를 잃게 되지 않겠나? 그래도 좋다는 말인가? 설마 사부를 죽인 자네를 무가 친구로 생각하겠는가?"

장도명은 방금까지만 해도 눈물 콧물 흘려가면서 절규를 했지만, 지금은 마치 집안의 어른이 아랫사람을 타이르듯 차분하게 조곤조곤 설명을 했다.

그렇지만 설영의 귀에는 장도명의 말이 한마디도 들어오지 않았다.

그는 오직 태무에게만 신경을 쓰고 있었다. 태무가 별말이 없다면 그냥 장도명을 죽일 것이다.

태무도 장도명의 사람됨을 잘 알 것이기에, 이 기회에 장도명을 죽여 태무를 자유롭게 만들어주는 것도 나쁘지 않다는 생각이 들었다.

설영이 태무에게서 시선을 거두려고 하자 장도명이 방금 전과는 달리 태무를 향해 바락바락 악을 써댔다.

"이 배은망덕한 자식아! 너는 아버지 같은 사부가 네 눈앞에서 사지가 잘려서 무참하게 죽는 데도 보고만 있을 것이냐? 천하에 둘도 없는 후레자식아!"

설영은 눈살을 찌푸리면서 손에 힘을 주었다. 어서 장도명의 팔을 잘라서 그의 입에서 인간 말종의 쓸데없는 소리보다는 처절한 비명 소리가 터져 나오게 하고 싶었다.

슥—

"와아악! 사, 살려줘!"

칼날이 살갗을 약간 베었을 뿐인데 장도명은 숨이 넘어갈 듯한 비명을 질러댔다.

"영아!"

그때 태무의 다급한 외침이 터졌다.

설영은 동작을 멈추고 돌아보다가 가볍게 표정이 변했다.

태무가 자신을 향해서 무릎을 꿇은 채 이마를 땅에 대고 있는 것을 발견했기 때문이다.

태무는 그 자세에서 참담한 목소리로 입을 열었다.

"영아, 제발 사부님을 살려다오. 그는 내게 아버지 같은 분이시다."

그 말뿐이었다. 그리고는 땅에 얼굴을 묻은 채 꼼짝도 하지 않았다.

장도명은 태무가 조금 더 간절한 표정을 짓고 눈물이라도 흘리면서 애원하기를 조마조마한 심정으로 원했지만, 태무는 그대로 석상이 돼버린 듯했다.

사실, 태무가 '사부님을 살려다오. 그는 내게 아버지 같은 분이시다'라고 한 말에 모든 것이 다 함축되어 있었다. 그보다 더 절절한 간원의 말이 어디에 있겠는가.

설영은 태무가 가만히 있어주기를 원했으나 결국 이렇게 되고 말았다.

설무검을 비롯한 모든 사람들이 설영을 주시한 채 그의 다음 행동을 기다리고 있었다.

슥!

설영은 한동안 태무를 응시하다가 이윽고 검을 거두었다.

장도명의 얼굴에는 환희가, 지켜보고 있는 사람들의 얼굴에는 아쉬움이 떠올랐다.

설영은 검을 곽정에게 건네고 설무검을 바라보았다.

"형님, 저는 장도명을 죽이지 않겠습니다. 그러니 형님께서 손을 쓰십시오."

그의 말에 장도명의 안색이 홱 급변했다. 그는 설영이 검을 거둘 때 이제는 살게 됐다고 내심 기뻐했는데, 설영은 그저 자신의 손으로 죽이지 않겠다는 것뿐이었다.

장도명은 당황하여 급히 눈동자를 굴려 설무검을 쳐다보며 표정을 살폈다.

설무검은 설영을 보며 조용히 입을 열었다.

"나는 저자의 생사를 네 손에 맡겼다. 그러니 죽이고 살리는 것은 네가 알아서 해라."

그때 단랑이 앞으로 한 걸음 나서면서 장도명을 가리키며 싸늘한 표정을 지었다.

"저놈은 대형의 신분을 알고 있어요! 살려주면 곧장 단해룡에게 달려가서 고자질할 뿐만 아니라 교활한 암계를 꾸며서 장차 대형께 큰 해를 끼칠 거예요!"

그 말에 태무는 얼굴을 바닥에 묻은 상태에서 가볍게 움찔 몸을 떨었다. 장도명이 설무검의 신분까지 알고 있을 줄은 몰랐던 것이다.

장도명은 흠칫 몸을 떨더니 단랑과 설무검을 번갈아 쳐다보면서 필사적으로 어리둥절한 표정을 지었다.

"무슨 말씀이십니까? 대체 저분이 누구시기에 그러는 겁니까? 소인은 저분이 누군지 맹세코 모릅니다! 정말입니다! 믿어주십시오!"

그러나 그의 말을 믿는 사람은 아무도 없었다. 심지어 태무마저도 믿지 않았다.

단랑의 말에도 설무검은 추호도 흔들림이 없었다.

그러나 설영은 그럴 수가 없었다. 그는 착잡한 표정으로 장도명을 쳐다보았다.

장도명은 입에서 거품을 흘리면서 자신은 설무검이 누군

지 모른다고 악을 쓰듯이 떠들어대고 있지만 설영의 귀에는 한마디도 들어오지 않았다.

"무야."

이윽고 설영이 태무를 불렀다.

태무는 무릎을 꿇은 채 고개를 들어 설영을 쳐다보았다. 그의 얼굴에는 착잡함이 가득했다.

흉종극말(凶終隙末). 태무는 설영과의 우정을 끝까지 지켜 나가지 못할 것만 같은 자괴심(自愧心)을 느꼈다.

"영아, 네가 무슨 결정을 내리든 나는 괜찮다."

설영은 태무의 그 말이 진심인 줄 안다. 그렇기 때문에 마음이 더 괴로웠다.

설영이 장도명을 죽인다고 해도 태무는 조금도 원망하지 않을 것이다.

그저 아버지 같은 사부를 제 손으로 구하지 못하고 눈앞에서 죽는 것을 지켜볼 수밖에 없었다는 자책을 평생 가슴에 품은 채 살게 될 터이다.

"한 가지 약속을 해다오."

설영은 결정을 내렸다.

"저자가 낙성검가와 더 이상 교류하지 못하게 해라. 그럴 수 있겠느냐?"

장도명을 낙성검가와 단절시키면 설무검의 신분을 알리지

도, 또 다른 흉계도 꾸미지 못할 것이라고 생각한 설영이다.

"그러겠습니다! 낙성검가에는 절대 가지 않고, 아예 이 길로 깊은 산에 은거를 하겠습니다! 살려만 주시면 무슨 일이라도 하겠습니다!"

장도명은 눈을 희번덕이고 게거품을 토해내면서 외쳤다.

단랑이 차갑게 코웃음 쳤다.

"흥! 영아! 너는 저자가 단해룡의 책사라는 사실을 알고서 하는 말이냐? 너를 팔아넘긴 대가로 단해룡의 책사가 된 놈이 어찌 그자에게 돌아가지 않겠느냐? 개가 똥을 마다하는 것을 보았느냐?"

그녀의 말대로라면 단해룡은 똥이고 장도명은 개다.

설영은 듣지 못한 듯 태무를 주시하면서 조용한 어조로 다시 물었다.

"그럴 수 있겠느냐?"

태무는 대답 대신 장도명을 쳐다보았다.

"사부님, 그렇게 할 수 있으십니까?"

"물론이다! 하늘과 땅에 대고 맹세하마! 이 맹세를 어기면 내가 개의 자식이다!"

"저와의 약속입니다."

"약속하마! 내가 단해룡을 만나려 하거나 그에게 무엇인가를 알리려는 기미가 보이면 그 즉시 네 손으로 날 죽여라! 그래도 못 믿겠느냐?"

장도명은 살기 위해서 발악을 하고 있었다.

"알겠습니다."

태무는 고개를 끄덕인 후 설영을 쳐다보았다.

설영은 천천히 태무에게 걸어와 그의 손을 잡았다.

그리고 두 사람은 한동안 말없이 서로를 마주 바라보았다.

용광로의 들끓는 쇳물보다 더 뜨거운 무엇이 두 사람의 눈빛을 통해서 교차하였다.

이윽고 설영은 태무의 손을 놓으며 빙그레 미소 지었다.

"잘 가라, 무."

태무는 묵묵히 고개를 끄덕인 후 잠시 설영을 응시하다가 장도명에게 걸어가 그의 혈도를 풀어주었다.

장도명은 벌떡 일어나 설영과 설무검에게 두루 굽실거리면서 허리를 굽혔다.

"고맙네! 고맙습니다! 이 은혜 백골난망입니다! 결코 잊지 않겠습니다!"

그의 눈에서는 깊은 참회의 눈물이 비 오듯이 흘러내렸고, 표정도 진지하기 짝이 없었다. 그러나 그 눈물을 믿는 사람은 아무도 없었다.

이어서 태무와 장도명은 몸을 돌려 동쪽으로 방향을 잡고 나란히 쏘아갔다.

설영은 평원을 쏘아가는 두 사람을 주시했지만 태무는 끝
까지 뒤를 돌아보지 않았다.

"대형! 지금이라도 저놈을 잡아 죽여야 한다구요!"

단랑은 발을 동동 구르면서 혼자서만 안달재신했지만, 설
무검이나 설영은 요지부동이었다.

第八十二章

환조신검(環照神劍)

보름 후.

설영과 정미가 설무검 일행과 함께 낙양의 동방객잔으로 온 지도 팔 일이 지났다.

두 사람은 당하에서 상처를 치료하고 낙양으로 돌아올 때에는 마차 안에서 편안하게 휴식을 취했기 때문에 빠른 회복을 보이고 있었다.

설영은 낙양으로 돌아오는 칠 일 동안에 설무검 형제들과 현조운, 고선 등과 매우 친해져서 마치 수 년 동안 알고 지냈던 사이처럼 돼버렸다.

설영이나 그들 모두가 친형제처럼 흉금을 털어놓고 대해 주었기 때문이다.

설영은 거처가 마련될 때까지 임시로 설무검과 한 방에서 지냈고, 정미는 양연화와 함께 별채에서 지냈다.

지난 보름 동안 설무검과 설영 형제는 낙양으로 돌아올 때나, 동방객잔 육각거에서도 서로 삼 장 이상을 떨어져서 지낸 적이 없을 정도로 한 몸처럼 붙어서 지냈다.

그렇다고 두 사람이 하루 종일 마주 앉아서 칠 년 만의 해후를 나누기만 한 것은 아니었다.

두 사람은 하루의 거의 대부분을 설무검의 지하 연공실에서 보냈다. 설무검은 자신의 절학을 설영에게 아낌없이 전수해 준 것이다.

그렇지만 양궁표와 형제들이 배운 북두신공이나 초일검류는 가르치지 않았다.

그들은 무공에 대한 기초가 없었기 때문에 설무검의 무공 중에서 비교적 쉽고 약한 북두신공과 초일검류부터 배워야 했지만, 설영은 이미 일류고수 수준을 훨씬 넘어서 있는 상태기 때문에 굳이 그럴 필요가 없었다.

또한 설영은 검풍루의 살수검과 아미파의 실전된 절학들로 무장되어 있는 터라 검법을 중복해서 배우는 것은 시간적인 낭비였다.

그래서 설무검은 설영에게 없는 것, 즉 보법인 구궁표류연과 권각비공인 겹풍작뢰권, 지공인 섬탄지를 전수했다.

그리고 마지막으로 설무검을 중천무림의 절대자로 만드는 데 큰 힘을 발휘했던 환조신검(環照神劍)을 가르쳤다.

환조신검의 신비하고도 개세적(蓋世的)인 능력에 대해서는 몇 마디 말로는 도저히 설명할 수가 없다.

다만, 과거에 설무검이 환조신검으로 무림을 질타할 당시에 아무도 그의 적수가 되지 못했었다는 사실로 환조신검의 위력을 조금이나마 설명할 수 있을 것이다.

설영은 설무검과 헤어질 당시 열두 살이었다. 어리기도 했지만 그 당시의 설영은 무공에는 조금도 관심이 없었고, 오로지 학문에만 심취했었다.

설혹 설영이 무공에 관심이 있었다고 해도 당시의 설무검은 아우에게 무공을 가르칠 만한 여유가 없었다.

중천무림의 천주라는 지위는 그에게 단 하나뿐인 혈육인 아우를 돌아보고 보살필 여유마저도 없게 만들었다.

지난 칠 년 동안 설무검이 가장 후회하고, 또 가슴을 가장 아프게 만들었던 것이 바로 아우 설영이었다.

그가 죽었다고 믿었기 때문에 자신이 아우에게 얼마나 소홀했는지 뼈저리게 느끼고 후회하면서 고통에 가득 찬 칠 년 세월을 보냈었다.

그런데 이제 설무검은 죽었다고 믿고 포기했던 아우를 다시 만났다.

지금 그에게 무엇이 가장 소중하냐고 묻는다면 촌각의 망설임도 없이 아우 설영이라고 대답할 것이다. 그런 아우에게 대관절 무엇이 아깝겠는가.

설무검은 과거 아우에게 해주지 못했던 것들을 한꺼번에 보상하려는 것 같았다.

지하 연공실.

스읏!

바닥에 우뚝 서 있던 설영의 몸이 둥실 허공 일 장 반 높이로 떠올랐다.

후우우—

그가 무림삼대신공 중에 하나인 아미파의 금정대신공을 운용하여 일 갑자 정도의 공력을 끌어올리자 오른팔과 손에 움켜쥐고 있는 한 자루 장검이 자색 빛으로 물들어 은은한 광채를 뿜어냈다.

뿐만 아니라 장검 끝에서 한 뼘 가량의 자색 검기가 단공로(鍛工爐)에서 방금 꺼낸 검처럼 이글거렸다.

바로 금정대신공을 운공하면 자연적으로 생성되는 자령기공의 자령광휘(紫靈光輝)였다.

그것은 장심에서 뿜어내면 아미파의 절학인 옥룡신장이
되고, 검으로 발출하면 화우뢰격검이 된다.

그런데 지금 설영은 자령기공으로 설무검이 전수해 준 환
조신검을 전개하려는 것이다.

설영은 허공 일 장 반 높이에서 아래를 향해 큰 대자로 엎
드린 자세를 취하면서 환조신검의 구결대로 체내에서 자령기
공을 재빨리 일주천시켰다.

스우우─

그 자세에서 그의 몸이 오른쪽으로 회전하기 시작했다.

그 순간 그는 수중의 검을 번개같이 머리 위를 향해 원을
그리며 휘둘렀다. 그렇다고 해서 그냥 아무렇게나 휘두르는
것이 아니다.

검에서 일 갑자의 자령기공을 뿜어내는 것과 동시에 허공
의 한쪽 방위 다섯 군데에 모두 다섯 개의 작은 원을 번개같
이 그어 다시 그것들을 모아 다섯 겹짜리 하나의 고리(環)를
만드는 순간, 그것을 아래쪽 자신이 원하는 방향을 향해 떨치
듯이 뿌려내는 것이다.

불과 한 호흡 사이에 설영은 그렇게 세 개의 고리를 만들어
지상을 향해 뿌려댔다.

그러려면 무려 열다섯 개의 작은 원을 그었다가 그것들을
다섯 개씩 묶어서 겹치게 하여 세 개의 고리를 만드는 것과

동시에 뿌려내야 하는 것이니 결코 쉬운 일이 아니었다.

작은 원을 만드는 것이나, 그것을 끌어다가 다섯 겹의 고리를 만드는 것. 그리고 만들어진 고리를 흩어지지 않게 결속시킨 채 목표를 향해 뿌리는 것을 거의 한 동작처럼 빠르게 실행해야 하는 것이다.

파아아— 츠츠츳!

설영에게서 세 개의 자색 광휘에 빛나는 고리가 세 방향을 향해 전광석화처럼 쏘아갔다.

연공실 바닥에는 반 장 높이에 원통형인 열두 개의 석주(石柱)들이 곳곳에 골고루 서 있었다.

세 개의 고리는 열두 개의 석주 중에 세 개를 향해 내리꽂히면서 길쭉하게 변하는가 싶더니, 석주에 닿기 직전에는 끝이 칼처럼 뾰족하게 변했다.

퍽! 퍽! 퍽!

세 개의 고리가 단단한 화강암으로 만들어진 세 개의 석주에 적중되면서 돌가루가 사방으로 튀었다.

설영은 허공에서 한 바퀴 빙글 공중제비를 돈 후 한쪽 벽을 등진 채 우뚝 서 있는 설무검 옆에 가볍게 내려섰다.

자신이 지니고 있는 공력의 절반밖에 사용하지 않은 설영은 조금도 힘든 얼굴이 아니었다.

고리에 적중된 석주에는 세 치 깊이의 엄지손가락 굵기의 구멍이 숭숭 뚫려 있었다.

그는 검을 어깨의 검집에 꽂으면서 설무검을 보며 겸연쩍은 듯 얼굴을 붉혔다.

"제대로 못했죠?"

환조신검은 설무검이 지니고 있는 다른 무공들을 모두 합친 것보다 더 위력적이다.

그러니 만큼, 그것들을 다 연마하는 것보다 몇 배나 더 오랜 시일 동안 연마를 해야만 겨우 흉내 정도 낼 수가 있을 만큼 난해한 검법이었다.

그런데 설영은 환조신검을 배우기 시작한 지 오늘이 꼭 사흘밖에 지나지 않았다.

물론 환조신검 본래 위력의 일 할도 채 전개하지 못했지만, 초일검류를 완벽하게 연성한 양궁표와 형제들이라고 해도 족히 반 년 이상 연마해야만 이룰 수 있는 경지이고 보면, 가히 놀랄 만한 성취도가 아닐 수 없다.

"아니다. 아주 잘했다. 우리 영아, 대단하구나."

설무검은 흐뭇하게 미소 지으면서 다정하게 설영의 머리를 쓰다듬었다.

아우이기 때문에 공치사를 하는 것이 아니라 정말 감탄해서 하는 칭찬이었다.

그는 중천무림의 절대자였던 시절에도, 이후 양궁표와 함께한 칠 년 동안에도 단 한 번도 누군가를 칭찬해 본 적이 없는 사람이었다.

칭찬을 하기 싫어서가 아니라 그가 정해둔 기준을 충족시키는 사람이 없었기 때문이다.

그런데 설영은 설무검이 알고 있던 어느 누구하고도 판이하게 달랐다.

구궁표류연이나 겁풍작뢰권, 섬탄지를 배울 때에도 그의 상상을 초월하는 빠른 성취 속도 때문에 설무검은 놀라움을 금치 못했었다.

그런데 양궁표처럼 기초가 탄탄하게 다져진 사람도 반 년 이상 걸려야 이룰 수 있는 환조신검의 일 할 경지를, 설영은 불과 사흘 만에 이루어냈으니 이것은 놀라움을 넘어서 경이로울 정도였다.

설영은 학문만 천재가 아니라 무공에도 천부적인 자질을 지니고 있었던 것이다.

그 천재가 바로 설무검 자신의 친동생이니, 그의 기쁨이야 오죽하겠는가. 칭찬이 아니라 업어주고 싶은 심정이었다.

설무검이 칭찬을 하자 설영은 더욱 얼굴을 붉히면서 부끄러워했다.

형에게 칭찬을 듣는다는 것은 예전 같으면 꿈도 꾸지 못했던 일이었다.

아니, 형이 죽었다고 여겼을 때에는 그저 형이 숨결만 붙어 있어도 좋으니까 제발 어딘가에 살아만 있어달라고 수없이 빌고 또 빌었었다.

문득 설영은 궁금한 표정을 지었다.

"그런데 원을 다섯 개 만들어서 하나의 고리를 이루어 목표를 향해 발출하는데, 그렇게 해서 모두 열두 개를 만들어 각기 다른 방향으로 발출하면 환조신검을 십이성까지 완성하는 것인가요?"

"그렇게 생각하느냐?"

"네. 그렇게 해서 저는 지금 삼성(成) 정도 이루었다고 생각하는데…… 아닙니까?"

설영은 설무검의 표정을 살피면서 조심스럽게 물었다.

스승!

설무검은 대답 대신 어깨의 혈마룡검을 천천히 뽑았다.

설영은 그가 무엇인가를 직접 보여주려 한다는 의도를 간파하고 옆으로 세 걸음 물러난 후 눈을 빛내며 호기심 어린 표정으로 지켜보았다.

후우우—

설무검이 공력을 끌어올리자 그의 팔이 어깨에서부터 눈부신 금광으로 물들었다.

다름 아닌 무극파천황의 광휘였다.

그러나 금광은 팔을 따라 빠르게 혈마룡검에 주입되더니 팔은 더 이상 금광을 발하지 않고, 대신 혈마룡검이 선명한 혈광(血光)을 뿜어내며 나직이 웅웅! 검명을 흘려냈다.

무극파천황의 금광이 혈마룡검에 주입되자 검의 혈성(血性)에 의해서 혈광으로 변해 버린 것이었다.

설무검은 두 발을 약간 벌린 자세에서 우뚝 선 채 천천히 혈마룡검을 들어 올렸다.

이어서 정면을 향해 곧게 뻗어내는가 싶더니 순간 손목만을 이용하여 가볍게 검첨을 떨쳤다.

마치 검첨에 붙어 있는 낙엽 하나를 털어내는 것처럼 간단한 동작이었다.

츠으읏!

순간 혈마룡검 검첨에서 핏빛의 고리 하나가 번갯불처럼 전면을 향해 뿜어져 나갔다.

그 광경을 보고 설영은 자신도 모르게 눈을 크게 떴다.

설영은 허공 다섯 군데에 재빨리 다섯 개의 작은 원을 만들어 그것들을 끌어 모아 다섯 겹짜리 하나의 고리를 만들어 발출했었다.

그런데 설무검은 그저 가볍게 검첨을 떨치는 것만으로 다섯 겹의 고리 하나를 만들어 발출을 한 것이다.

설영은 설무검이 검첨을 가볍게 떨치는 듯한 간단한 동작

속에 그 모든 것들이 다 포함되어 있다는 사실을 깨닫고 놀란
것이다.

그런데 더 놀랄 일은 그다음 순간에 벌어졌다.

키우웃!

전면을 향해 일직선으로 쏘아가던 핏빛 고리가 두 개로 분
리되고 있었다.

그게 아니었다. 원래 하나였던 고리가 처음에 쏘아가던 방
향에 하나의 고리를 만들어두고는 비스듬히 오른쪽 옆으로
빠져나온 것이었다.

그런데 그것이 끝이 아니었다. 그리고는 그곳에 또 하나의
고리를, 아니, 두 개, 세 개의 고리를 더 만들어내고는 최초의
고리가 오른쪽 가장 바깥쪽으로 쏘아가고 있었다.

모두 다섯 개의 고리(環)가 부챗살처럼 활짝 펼쳐진 상태에
서 눈부신 혈광을 뿜어내며 쏘아가는 광경은 차라리 아름답
기까지 했다.

펵!

다음 순간 다섯 개의 고리는 정면에서부터 오른쪽으로 다
섯 개의 석주에 거의 동시에 적중하며 돌가루를 튕겨냈다.

다섯 개의 고리가 다섯 개의 석주에 적중됐지만 소리는 한
번만 울렸다.

만약 설무검이 제대로 공력을 주입했다면 석주들은 모조

리 박살나고 말았을 것이다.

그것을 보고 설영은 다섯 개의 작은 원이 겹쳐져서 만들어진 한 개의 고리가 하나의 목표만 적중시키는 것이 아니라 마음먹은 대로 두 개, 세 개, 다섯 개까지 분리시킬 수 있다는 사실을 깨달았다.

그때 설무검이 혈마룡검을 들어 허공에 하나의 원을 긋는 것 같더니 가볍게 슬쩍 검첨을 떨쳐 냈다.

조금 전하고 다른 점이 있다면 허공에 원 하나를 그었다는 것뿐이었다.

고오옷!

순간 설무검을 중심으로 전후좌우 사방을 향해서 열두 개의 핏빛 고리가 폭발하듯이 확 뿜어졌다.

그것은 잔잔한 수면에 돌을 던졌을 때 파문이 생겨 점차 확산되는 것 같았지만 모습만 그렇다뿐이지 결코 수면의 파문처럼 느리지는 않았다.

오히려 마치 허공에서 작은 태양이 번쩍 폭발하여 섬광이 뿜어지는 듯한 엄청난 빠르기였다.

쐐애액!

설영이 놀라는 표정을 얼굴에 제대로 떠올리지도 않았을 때, 그의 좌우로 고리들이 빛살처럼 스쳐 지나가면서 조금 전처럼 분리되고 있었다.

열두 개의 고리가 각각 다섯 개씩으로 분리되더니 순식간에 도합 육십 개의 핏빛 고리가 연공실 안을 가득 메웠다.

찰나지간 연공실 안이 눈부신 혈광으로 물들었다가 착각처럼 홀연히 사라졌다.

퍽!

그러나 그것들이 열두 개의 석주와 사면의 벽에 적중될 때에는 역시 단 한 번의 음향만 터졌다.

설영은 너무도 놀란 나머지 눈을 부릅뜨고 입까지 크게 벌리고 있었다.

한꺼번에 육십 개의 고리를 발출할 수 있다니, 상상조차 하지 못했었다.

그러나 그가 놀랄 마지막 하나가 아직 더 남아 있었다.

츠으웃!

설무검이 다시 혈마룡검을 들어 올려 머리 위에서 하나의 원을 그렸다.

착각이었을까?

설영은 혈마룡검이 허공에 원을 그을 때 차례차례 고리들이 만들어지는 것을 목격했다.

너무 빨라서 제대로 세어보지는 못했지만, 짐작하건대 고리의 수는 모두 열두 개인 것 같았다.

그랬는데 그것들이 생겨날 때보다 더 빨리 사라져 버렸다.

아니, 사라진 것이 아니라 혈마룡검이 가리키고 있는 방향
으로 빛보다 더 빨리 모여들었다가 폭발하듯이 뿜어져 나가
고 있었다.

드오오오!

열두 개의 고리가 합쳐져서 만든 하나의 큰 고리가 유성처
럼 긴 핏빛의 꼬리를 남기면서 전면을 향해 쏘아갔다.

쩍!

고리는 석주 하나를 박살 내고도 계속 쏘아가 석벽에 정통
으로 적중됐다.

우우웅!

지하 연공실 전체가 금방이라도 무너져 내릴 듯이 거세게
떨어 울렸다.

설영은 설무검이 방금 그 초식에 공력을 거의 싣지 않았다
는 사실을 알고 있었다.

그런데도 불구하고 고리 하나가 석벽에 적중하여 연공실
을 붕괴시킬 정도로 진동한 것이다.

'이… 것이 환조신검의 진정한 위력이었구나…….'

만약 환조신검에 공력을 가득 실어 전개한다면 가히 무적
일 것이 분명했다.

설영은 잠시가 지나도록 놀라움에서 헤어나지 못하고 있
었다.

환조신검.

이름 그대로 검기의 고리. 즉 환(環)을 만들어 그것을 모으기도, 분리시키기도 하면서 목표물을 향해 빛처럼 비추는, 즉 조(照)의 검법. 환조(環照)인 것이다.

"알겠느냐?"

설무검이 설영 옆으로 다가와 온화하게 미소를 지었다.

"네……."

설영은 아직 제정신을 차리지 못한 상태에서 건성으로 대답을 했다.

백 마디 설명이 필요 없었다. 설무검이 직접 보여준 광경이면 충분했다.

"굉장하군요, 형님."

설영은 한참이 지나서야 한밤중에 귀신을 본 사람처럼 탄성을 흘려냈다.

"제가 과연 형님처럼 할 수 있을까요?"

"녀석. 장차 너는 나보다 더 훌륭한 환조신검을 펼칠 수 있을 게다."

설무검이 설영의 머리를 쓰다듬었다.

"어떻게 방금 형님이 보여주신 것보다 더 훌륭할 수가 있겠습니까? 불가능해요."

"방금 전에는 검기로써 환조신검을 전개했다. 그러나 검강(劍罡)으로 전개하면 위력이 두 배 이상 강해지지.”

“검강…… 도 있습니까?”

설영의 눈이 휘둥그레졌다.

“우주 삼라만상이 그렇듯이 무학도 끝이 없는 법이지. 당랑재후(螳螂在後)라고 하지 않더냐?”

사마귀는 곤충 중에서는 제일 강하지만 그 뒤에는 또 참새가 있는 법이다.

참새는 새 중에서 가장 약하다. 그 뒤에는 또 더 강한 것들이 무수히 많지 않겠는가.

“형님은 환조신검을 검강으로 어느 수준까지 가능합니까?”

설영은 총명하게 눈을 빛내며 설무검을 바라보았다.

“나는 현재 육성(六成) 정도 수준이다. 보여주랴?”

설영은 두 손을 휘휘 저었다.

“아니, 됐습니다. 그것까지 보고 나면 저는 기가 질려서 무공 연마를 할 의욕마저 사라져 버릴 거예요.”

“하하! 녀석!”

설무검의 나직한 웃음소리가 연공실을 가벼이 울렸다.

설무검은 환조신검을 십이성 완성한데 이어 검강으로도 육성까지 익혔다.

그것은 설영을 의기소침하게 만들 수도 있겠지만 사실은

반대로 의욕이 활활 불타올랐다.

　몇 년이 걸리든 기필코 검강으로 펼치는 환조신검을 십이 성까지 이루고야 말겠다고 지그시 주먹을 쥐면서 다짐하는 설영이었다.

　설무검의 거처 접객실에 형제들과 현조운, 곽정 등이 모여 있었다.

　설무검과 설영이 지하 연공실에서 올라오자 양궁표와 형제들은 공손히 인사를 하고 각자 자리에 앉았다.

　그러나 양궁표는 앉지 않고 설영 앞으로 걸어왔다.

　그는 쥐고 있던 한 자루 검을 두 손으로 받들듯이 설영에게 내밀었다.

　슥!

　"이게 뭡니까?"

　설영은 엉겁결에 검을 받으면서 의아한 표정으로 양궁표를 쳐다보았다.

　그것이 검이라는 것을 몰라서 묻는 게 아니라 왜 자신에게 주느냐고 묻고 있는 것이다.

　"네 검이다."

　"제 검이요? 왜 이것을 제게 주시는 것입니까?"

　양궁표는 빙그레 미소를 지었다.

"너는 우리의 형제가 아니냐? 그러므로 우리와 똑같은 검을 가져야 당연하다."

설영은 양궁표 어깨의 검을 쳐다보았다. 거무튀튀한 흑회색의 검이었다.

그가 다시 단랑, 반호 등 형제들을 보자 그들 역시 같은 종류의 검을 어깨에 메고 있었다.

단랑이 앉아서 꼬고 있는 다리를 까딱거리면서 생글생글 미소를 지었다.

"우리들 여섯 자루 검에서 반 자씩 떼어내 그것을 합쳐서 막내, 네 검을 만들었어."

그 말을 듣는 순간 설영은 번갯불이 정수리에 꽂힌 듯 움찔 몸을 떨었다. 이어서 찌르르한 감동이 온몸으로 물결처럼 퍼져 나갔다.

설영으로서는 상상도 하지 못했던 일이었다. 양궁표 등 형제 다섯 명과 현조운이 자신의 생명과도 같은 검을 각각 반 자씩 잘라내어 그것을 합쳐서 막내 설영의 삼척장검을 만들어준 것이다.

과연 천하 어디에 이처럼 깊은 우애를 보여주는 형제들이 있겠는가.

설영 뒤에 서 있는 설무검은 이런 사실을 사전에 전혀 모르고 있다가 흐뭇한 미소를 지었다.

"어이! 막내야! 선물을 살펴보지 않는 것을 보니 검이 마음에 들지 않는 것이냐?"

설영이 두 손으로 검을 든 채 형제들과 현조운을 보면서 감동하고 있을 때 염탕이 장난스럽게 농을 던졌다.

"아닙니다, 사형님. 너무 감격해서 그럽니다."

설영은 떨리는 목소리로 대답한 후 눈도 깜빡이지 않고 자신의 검을 자세히 살펴보았다.

흑회색의 교어피(鮫魚皮:상어 가죽)로 만든 검집은 무게감이 있었고, 칼코등이와 칙칙한 검파는 어딘가 투박해 보였다. 그러나 그 점이 오히려 설영의 마음에 들었다.

검이란 상대의 숨통을 끊는 물건이지 장식품이 아니라고 평소에 생각하고 있었기 때문이다.

그긍!

검파를 잡고 슬쩍 힘을 주자 검이 뽑히면서 마치 용이 낮게 한숨을 내쉬는 듯한 검명이 흘렀다. 그 소리가 설영의 피를 끓게 만들었다.

승!

검이 완전히 뽑히자 칙칙한 흑회색의 빛이 잠깐 동안 번뜩였다가 사라졌다.

중지손가락 길이인 검신의 폭은 보통의 검보다 약간 더 넓었고, 칼코등이에서 검첨까지 검신의 길이는 정확하게 석 자,

즉 삼척장검이었다.

검신에는 '팔룡(八龍)'이라는 두 글자가 휘갈겨 쓴 멋진 모양으로 음각되어 있었다.

오장보가 육룡검, 현조운이 칠룡검, 설영이 막내인 팔룡검인 것이다.

슥!

이윽고 설영은 자신의 애검이 된 팔룡검을 천천히 전방을 향해 뻗어보았다.

묵직한 무게감이 느껴졌다. 보통의 검보다도 족히 이십 배 이상 무거울 것 같았다.

그러나 설영 정도의 고수라면 오히려 무거운 쪽이 더 좋았다.

제대로 초식을 펼치면 이십 배 무거운 대신 이십 배 더 큰 위력을 뿜어낸다는 뜻이기도 하다.

설영은 팔룡검을 얻은 것이 팔 하나를 몸에 단 것 같은 기분이 들었다.

이윽고 그는 팔룡검을 검집에 꽂고 두 손으로 받들어 잡고는 양궁표와 형제들, 현조운에게 일일이 허리를 굽히면서 공손하게 인사를 했다.

"형님들께서 소제에게 잘라준 반 자의 막내 노릇을 앞으로 톡톡히 하겠습니다."

"아무래도 내 검에선 반 자 이상 떼어낸 것 같아. 그러니까 내게는 반 자의 막내 노릇 말고 또 다른 보답이 따로 있어야겠는걸?"

단랑이 도섭스럽게 한마디 이죽거렸다.

문득 설영이 진지한 표정을 지었다.

"단랑 누님, 어떤 보답을 원하십니까?"

"글쎄… 그건 막내가 머리를 짜내야 할 일이 아닐까?"

문득 설영은 눈을 빛냈다.

"이런 것은 어떻겠습니까?"

설영은 말과 함께 앉아 있는 단랑 앞으로 성큼성큼 걸어갔다.

단랑은 자신의 한 걸음 앞에 바짝 다가와 우뚝 서 있는 설영을 바라보다가 가슴이 두근거렸다.

예전에 단랑은 낙양성 대로상에서 여장을 한 채 쫓기고 있는 설영을 처음 보았었다.

그때 그녀는 그의 절세적인 미모에 한동안 정신이 없을 정도로 놀라워했었다.

그 후, 설영이 남자였다는 사실을 알게 되어 다시 한 번 놀랐었고, 원래대로 남자의 모습으로 돌아온 설영의 너무도 아름답고 헌앙한 모습에 또다시 넋이 빠지도록 감탄했었다.

그런 설영이 지금 한 걸음 앞에 우뚝 서 있으니 그녀가 어찌 가슴이 두근거리고 머리에서 열이 펄펄 나며, 조마조마한 기분이 아니겠는가. 그녀가 설영을 이토록 가까이에서 보기는 지금이 처음이었다.

"반 자 이상의 보답에 대해서는 이렇게 하는 것이 어떻겠습니까, 단랑 누님?"

"어… 떻게?"

단랑은 머리가 어질어질하고 얼굴이 화끈거리는 와중에 겨우 대답했다.

슥—

"헉!"

그러자 설영이 갑자기 허리를 굽히며 얼굴을 단랑의 얼굴에 부딪칠 듯이 가까이 가져가자 그녀는 움찔하면서 눈이 휘둥그레졌다.

그리고는 그녀가 반응하기도 전에 설영이 그녀의 귀에 입을 바짝 대고 나직이 속삭였다.

"제가 단랑 누님이 시집을 갈 수 있도록 중매를 확실히 책임지겠습니다."

"아아……."

설영의 부드러운 입술이 단랑의 귀에 거의 닿다시피 한 상태에서 뜨거운 입김이 신체 중에서 가장 민감한 귀에 솔솔 불어대자 그녀의 몸이 뜨거운 불 위에 올린 마른 오징어처럼 바짝 오그라들며 입에서는 자신도 모르게 숨이 넘어가는 듯한 탄성이 흘러나왔다.

"어떻습니까?"

설영은 단랑의 귀에서 입을 떼고 대신 그녀의 얼굴 앞에 바짝 자신의 얼굴을 갖다 붙인 채 눈을 반짝였다.

두 사람의 코가 닿을 듯 말 듯했다. 귀에 이어서 설영의 뜨거운 입김이 자신의 입과 코로 솔솔 불어오자 단랑은 아예 정신을 놓을 지경이 돼버렸다.

"조… 좋아……."

그녀는 방금 설영이 귀에 대고 한 말을 제정신이 아닌 상태에서 '제가… 단랑 누님을… 확실히… 책임지겠습니다' 라고 오해해서 들어버렸다.

그러나 다른 사람들은 설영의 말을 제대로 알아들었다.

"알겠습니다. 그렇게 알고 추진하겠습니다."

설영이 그렇게 말하면서 형제들과 현조운을 한 차례 쓸어 보자 그들은 눈이 마주치지 않으려고 황급히 외면했다.

유부남이든 총각이든, 단랑의 남편감으로 찍힌다는 것은 인생을 마감한다는 의미와 다름이 없었으므로……

第八十三章
옥룡살귀 출현

설무검의 부름을 받고 흑룡보 이당 휘하 여룡단 전원이 동방객잔 앞에 모여 있었다.

부조장 등발은 여룡단원 삼십삼 명을 동방객잔 앞 넓은 마당에 대로 쪽을 향해서 삼열로 줄지어 세워놓았다.

여룡단원들은 꼿꼿하게 서서 앞사람의 뒤통수만을 주시한 채 꼼짝도 하지 않았다.

손가락 하나 슬쩍 움직이기라도 하면 당장 등발의 불호령이 떨어지는 판국이었다.

그렇지만 여룡단원들은 한마디도 불평하지 않았다. 고생

스러운 만큼 여룡단원으로서의 자부심과 긍지를 갖고 있으며, 또한 그 이상의 특혜를 누리고 있기 때문이었다.

새로운 단주가 부임한 후 여룡단은 많은 것이 변했다.

평소의 수련 시간은 예전에 비해서 두 배나 길어졌고, 수련의 강도는 몇 배나 더 빡세졌다. 그래서 처음에는 단원들의 불만이 높았었다.

그러나 빡센 만큼 특혜가 뒤따랐다. 여룡단원 전원의 녹봉이 두 배로 급등했으며, 흑룡보 내에서의 여룡단의 입지가 모든 면에서 상승했다.

그뿐 아니라 흑룡보 보주 주영걸 주영풍 형제가 수시로 여룡단을 찾아와서 단원들을 격려했고, 걸핏하면 푸짐한 연회를 베풀어주었다.

여룡단의 새 단주와 세 명의 조장은 신비하기 짝이 없는 인물들이었다.

예전에 등발이 여룡단주였을 때에는 단주와 단원들이 하루 종일 함께 지냈었다. 수련도, 근무도, 외출도, 식사도, 술자리도 늘 함께였다.

그런데 새 단주는 얼굴을 잊을 만하면 나타나 코빼기만 슬쩍 보이고는 다시 사라져 버리기 일쑤였다.

여룡단원들이 새 단주의 얼굴을 볼 수 있는 기회는 새 단주와 함께 낙양성 내의 어디론가 이동하는 과정에서 잠시 동안 호위를 할 때뿐이었다.

그리고는 끝이었다. 새 단주는 도착한 장소에 들어가서 다시 나오지 않았고, 여룡단원들은 등발의 지시에 따라 흑룡보로 되돌아가는 것이 전부였다.

별일이 없는 한, 아마 오늘도 그런 임무일 터이다.

여룡단원들은 전 단주 등발이 새 단주에 대해서 무언가 알고 있는 것 같아서 여러 차례 묻기도 하고 회유도 해봤었지만, 등발은 입을 굳게 다문 채 아무 말도 해주지 않았다.

동방객잔은 낙양성에서 가장 번화한 태평로 한복판에 위치하고 있는 데다가 지금은 대낮이라서 대로에는 수많은 행인들이 오가고 있었다.

흑룡보 고수들 삼십여 명이 삼열로 열을 지어 동방객잔 앞에 꼿꼿하게 서 있는 광경은 모든 사람들의 시선을 끌기에 부족함이 없었다.

그렇지만 부조장 등발 이하 여룡단원들은 눈 하나 까딱하지 않은 채 서 있었다.

이따금 중천사세와 중천칠지파의 수하들이 적게는 서너 명씩, 많게는 수십 명이 열을 지어 지나가면서 이상하다는 듯 힐끔거렸지만 그래도 여룡단원들은 요지부동이었다.

여룡단원들이 동방객잔 앞에 도열해 있은 지 반 시진이 훨씬 지났을 때, 이윽고 객잔 입구 안에서 다섯 사람이 천천히 걸어나왔다.

설무검과 설영, 단랑, 염탕, 오장보였다.

"우향우!"

등발의 구령에 따라 삼십삼 명의 여룡단원들이 마치 한 사람인 것처럼 선 채 오른쪽으로 방향을 틀었다.

"단주께 최경례(催俓禮)!"

등발이 두 번째 구령을 쩌렁하게 외치면서 즉시 허리를 깊숙이 굽히자 여룡단원들도 일제히 설무검에게 허리를 굽히면서 예의를 취했다. 평소에 많은 연습을 했는지 절도있는 동작이었다.

설무검이 중천무림의 천주라는 사실을 알고 있는 등발은 존경의 마음으로, 아무것도 모르는 단원들은 자신들이 누리고 있는 특혜가 설무검으로 인한 것이라는 감사의 마음으로 예를 취했다.

"어디로 행차하십니까?"

허리를 편 등발이 공손히 물었다.

"지란루로 가신다."

지란루는 봉황단 백봉령루의 하나로써 서열 오위, 즉 오봉령루로 불린다.

현재 그곳에는 은자랑과 은리, 한효령이 악양으로 돌아가지 않은 채 머물고 있는 중이다..

오장보의 대답에 등발은 재빨리 단원들을 재촉하여 일사불란하게 대열을 만들었다.

설무검 등 다섯 사람을 복판에 두고, 여룡단원 삼십삼 명이 전후좌우에서 엄밀하게 호위를 하는 형태였다.

설무검을 비롯하여 설영과 단랑, 염탕, 오장보 모두 여룡단원의 복장을 갖추었다.

설무검은 여룡단주의 복장에 챙이 넓은 모자를, 설영은 여룡단원의 복장에 챙이 넓은 모자를 썼다. 두 사람의 알려져 있는 얼굴을 가리려는 의도였다.

설영으로서는 낙양성에 온 지 구 일 만에 하는 첫 나들이였다. 더구나 형 설무검과 함께 대로를 활보한다는 사실이 꿈만 같았다. 설영은 예전에도 설무검과 함께 나들이를 한 적이 한 번도 없었다.

설영은 설무검이 낙양성 내를 자유롭게 다니기 위해서 임시로 흑룡보 여룡단주라는 신분이 되었다는 사실을 오장보에게 설명을 들어서 알고 있었다.

이윽고 설무검 일행을 호위하는 여룡단원들은 보무도 당당하게 대로 한복판을 걸어갔다.

그런 광경은 행인들이나 대로 양쪽 점포 사람들의 시선을 끌기에 부족함이 없었고, 그런 점이 여룡단원들로 하여금 오히려 더욱 의기양양하게 행진하도록 만들었다.

설무검이 설영을 데리고 지란루에 가려는 것은 은자랑과 은리, 한효령의 끈질긴 성화 때문이었다.

그녀들은 설영이 무사히 돌아왔다는 전갈을 받는 순간부터 그가 보고 싶으니 빨리 와달라고 안달을 했지만 설무검은 설영을 푹 쉬게 하려는 생각으로 꿈쩍도 하지 않았었다.

그러나 은자랑은 워낙 유명한 인물이고, 어디로 움직이기만 하면 사람들의 시선이 그녀에게 집중되는 터라서 설영을 보러 직접 동방객잔에 찾아올 수 없는 형편이었다.

그렇다고 은자랑을 빼놓고 은리나 한효령만 올 수도 없는 노릇이었다.

그래서 은자랑은 설무검에게 설영을 데리고 지란루로 와달라고 여러 차례 전갈을 보냈는데, 구 일이 지난 지금에야 가고 있는 중이었다.

설무검과 설영은 나란히 걷고 있었고, 그 뒤를 염탕과 오장보가 따랐다.

그런데 마땅히 뒤에서 따라야 할 단랑이 설영 옆에서 나란히 걷고 있었다.

나란히 정도가 아니라 아예 설영과 딱 붙어서 걸을 때마다 팔과 어깨가 스쳤다.

설영이나 염탕, 오장보는 그런 단랑의 의도를 조금도 짐작하지 못했다.

그래서 어제 설영이 그녀에게 중매를 서주겠다고 말했던 것 때문에, 그것이 못내 고마워 그러는 것인가. 단랑 누님이 그렇게도 시집을 가고 싶어 했었구나라고 어렴풋하게 짐작할 따름이었다.

그뿐이 아니라 단랑은 몇 걸음마다 한 번씩 설영의 옆얼굴을 바라보면서 꿈을 꾸듯 몽롱한 표정을 짓곤 했다.

그 또한 왜 그러는 것인지 염탕이나 오장보는 조금도 추측하지 못했다.

설영이 했던 말을 '제가 단랑 누님을 확실히 책임지겠습니다' 라고 단랑이 철석같이 곡해하고 있다는 사실을 누군들 가히 짐작이라도 하겠는가.

단랑은 옥을 깎아 다듬은 듯 아름다운 설영의 옆얼굴을 그윽하게 바라보면서 내심 다짐에 다짐을 했다.

'까짓거, 열 살 정도 나이 차이는 충분히 극복할 수 있어! 이렇게 멋진 신랑과 평생 함께 살 수만 있다면야 무슨 짓인들 못하겠어?

그때 선두에서 길을 열고 있는 등발이 가볍게 놀란 표정을 짓더니 곧 미간이 좁아졌다.

오 장쯤 전방에서 마주 다가오고 있는 한 무리를 발견했기 때문이었다.

아니, 정확하게 말하자면 두 방파의 고수들이 한데 모여서 다가오고 있는 광경이었다.

바로 중천사세의 진천방과 중천칠지파의 대승방 고수들이 보란 듯이 활개를 치면서 행진하고 있었다.

진천방은 이십여 명, 대승방은 오십여 명, 둘 합쳐서 칠십여 명이었다.

문득 등발의 눈이 세모꼴로 변했다. 전대 중천무림의 천주를 지지하고 있는 중천오충의 사람들이라면 모두 그렇겠지만, 원래 다혈질인 등발은 중천사세나 중천칠지파를 벌레처럼 증오했다.

그런데 지금 그는 중천무림의 천주인 설무검을 상전으로 모시고 있다. 그러니 중천사세와 중천칠지파가 더욱 곱게 보일 리가 없었다.

그래도 함부로 발작할 수는 없는 일이다. 지금은 천주의 엄명으로 길을 인도하는 임무를 수행하는 중이 아닌가.

등발은 슬쩍 뒤를 돌아보았다. 어떻게 할 것인지를 묻는 의도였지만 대답을 원하지는 않았다.

뒤쪽에서 아무런 답이 없으면 아니꼽기는 하지만 진천방이나 대승방 놈들과 부딪치지 말고 길 가로 피해서 갈 수밖에 없는 일이었다.

그런데 설무검이 등발에게 보일 듯 말 듯 가볍게 고개를 끄덕이는 것이 아닌가?

절대 등발이 잘못 본 것이 아니었다. 단랑이나 염탕, 오장
보가 아닌 설무검이 직접 고개를 끄덕인 것이다.

"시비를 건 후에 외진 곳으로 유인해라."

이어서 설무검의 전음이 등발의 고막을 울렸다. 설무검이
직접 명령을 내리다니, 등발은 너무 감격하여 등골이 다 쭈뼛
거릴 지경이었다.

그는 시선을 다시 앞으로 던지면서 온몸이 팽팽하게 긴장
하는 것을 느꼈다.

그러나 그것은 기분 좋은 긴장감이었다. 자신의 뒤에 중천
무림의 천주인 검신이 있고, 날고 기는 심복들이 있는데 무에
걱정이라는 말인가.

이윽고 진천방과 대승방 고수들 칠십여 명이 이 장 정면으
로 곧장 마주쳐 오고 있었다.

오른쪽에 진천방 고수 이십여 명이, 왼쪽에 대승방 고수 오
십여 명이 열을 지어 보무당당하게 걸어왔다.

그들은 정면에서 흑룡보 고수들이 다가오고 있었지만 개
의치 않고 곧장 마주 다가왔다. 흑룡보 고수들이 의례히 알아
서 피해 가겠거니 여기는 듯했다.

등발의 시선이 진천방 맨 앞에서 걸어오고 있는 인물의 얼
굴에 고정되었다.

등발은 그자의 왼쪽 가슴 위에 붉은 수실로 당장이라도 날

아오를 듯한 한 마리 매(飛鷹)가 수놓아져 있는 것을 굳이 보지 않더라도 그가 진천방 비응당(飛鷹堂) 당주라는 사실을 예전부터 잘 알고 있었다.

중천사세의 진천방.

총인원 팔백여 명.

이전(二殿) 십당(十堂) 오십향(五十香)을 보유하고 있는 중천사세 세력 두 번째 방파.

외전인 비호전(飛虎殿) 휘하에는 칠당이 있으며, 비응당은 그중 하나다. 또한 과거 현조운이 비응당 휘하의 향주였던 적이 있었다.

요 며칠 사이에 설무검은 배신자들을 어떻게 처리할 것인지 고심한 결과, 마침내 치밀한 계획을 세우기에 이르렀다.

그러나 대로상에서 진천방과 대승방 고수들과 우연히 마주칠 것에 대비한 계획은 없었다.

그렇지만 상관없었다. 이제부터 벌어질 일은 원래 세웠던 계획의 잔가지에 엮어두면 될 일이다.

'첫 제물은 진천방이다.'

방금 전, 설무검은 그렇게 결정을 했다.

비응당주는 앞에서 마주 다가오고 있는 흑룡보의 떨거지들이 당연히 길가로 비켜갈 것이라고 여겼다.

그 떨거지들이 흑룡보의 가장 하위 조직인 일개 단의 졸개들이어서가 아니다.

중천오충 따위는 당연히 진천방 앞에서 꼬리를 감추고 길을 비켜야만 하는 것이다.

그러면 비응당주와 그의 수하들은 흑룡보 떨거지들을 한껏 비웃어주면서 의기양양하게 지나가면 된다. 그것이 평소의 진천방과 흑룡보의 자연스러운 모습이었다.

그러나 비응당주는 오늘만큼은 저들을 그냥 지나가도록 보내지 않기로 했다.

거기에는 그럴 만한 충분한 이유가 있었다. 그는 한 가지 일에 대해서 이 떨거지들에게 캐볼 생각을 한 것이다.

그런데 막상 현실은 비응당주가 예상했던 것과는 사뭇 다르게 진행되기 시작했다.

흑룡보 일개 단의 떨거지들이 감히 진천방과 대승방 고수들 한복판으로 뚫고 지나가기라도 하겠다는 듯이 코앞까지 들이닥치고 있는 것이다.

세 방파의 고수들이 대로 한복판에서 마주쳐 그 자리에 뚝 멈춰 섰다.

"뭐야? 너희들?"

대승방 고수 오십여 명을 인솔하고 있는 선두의 당주 한 명이 인상을 찌푸리며 등발에게 으르딱딱거렸다. 여차하면 베겠다는 다기진 표정이었다.

등발은 어깨를 쭉 펴고 턱을 치켜든 채 눈 아래로 그를 보며 태연히 중얼거렸다.

"너는 눈도 없느냐? 우린 대흑룡보의 어르신들이시다. 어서 길을 터라."

"이런 후레자식이……."

대승방 당주가 막 발작하려는 것을 비웅당주가 손을 들어 제지했다.

"내가 누군지 아느냐?"

사실 비웅당주는 대승방 당주보다 더 거들먹거리기를 좋아하는 인물이다.

"글쎄… 누군가? 조두(鳥頭:새대가리)냐?"

상대가 비웅, 즉 '하늘을 나는 매' 의 당주라는 것을 은근히 비꼬는 등발의 해학이었다.

"이 새끼!"

슉!

순간 비웅당주의 주먹이 번개같이 등발의 턱을 향해 숏구쳐 올랐다.

"……!"

등발은 그것을 뻔히 보면서도 피할 수가 없었다. 그러기에는 너무 빨랐다. 비웅당주는 최소한 등발보다 한 수 위의 고수인 것이다.

등발은 비응당주를 한껏 조롱해 줄 것만 생각했지, 그가 공격할 경우 어떻게 해야겠다는 대책까지는 없었다. 무조건 설무검과 세 명의 조장만 믿은 것이다.

척!

그러나 비응당주의 주먹은 등발의 턱을 가격하지 못했다. 그러기 직전에 등발의 어깨 너머에서 손 하나가 튀어나와 그의 손목을 가볍게 움켜잡아 버린 것이었다.

비응당주는 자신의 손목을 움켜잡고 있는 오장보를 적잖이 놀라는 얼굴로 쳐다보았다.

비록 삼십 년 공력을 주입한 정도의 일권이었지만, 가까운 거리에서 워낙 빠르게 튀어나갔기 때문에 그처럼 간단하게 잡힐 정도는 아니었던 것이다.

슥—

오장보는 대수롭지 않은 듯 비응당주의 손목을 놓아주며 조용히 입을 열었다.

"백주대로에 다짜고짜 주먹질은 곤란하지 않겠소?"

점잖은 꾸짖음이었다.

그리고 그것은 비응당주의 정곡을 찔렀다. 어찌 됐든 진천방의 당주라는 신분으로서 거리에서 먼저 공격을 했다는 것은, 그리고 그것이 실패로 끝났다는 것은 그다지 자랑스러운 일이 아닌 것이다.

비응당주는 오장보의 꾸짖음에 일순 할 말을 잃고 말았다. 하지만 이대로 물러설 수는 없었다. 그에게는 흑룡보에 달리 볼일이 있었다.

"자넨 누군가?"

자신의 일권을 간단하게 잡은 인물이라 비응당주의 말투가 조금 누그러졌다.

"흑룡보 여룡단 삼조장이오."

"삼…… 조장?"

참으려고 했는데 조장이라는 말에 비응당주의 얼굴이 보기 싫게 일그러졌다.

단주도 아닌 일개 조장에게 손목을 잡혔다는 사실이 수치스럽기 짝이 없었다.

"할 말이 있으면 해보시오."

오장보는 조금도 흔들림 없이 담담한 어조였다.

"음! 이십여 일쯤 전에, 흑룡보 사람들이 낙수 강변에 있는 선화루라는 기루에 간 적이 있었나?"

이십여 일 전에 여룡단원 전원이 설무검을 호위하고 선화루에 간 적이 분명히 있었다.

그날, 설무검과 양궁표는 그곳에서 양연화의 손님으로 와 있던 대승방 총관과 네 명의 당주를 죽이고 그녀를 동방객잔으로 데리고 왔었다.

오장보는 담담히 고개를 끄덕였다.

"있었소."

그 당시 졸지에 총관과 네 명의 당주를 잃은 대승방이 벌집을 쑤셔놓은 것처럼 발칵 뒤집어졌었다.

그 사건은 대승방 자체의 힘으로는 해결하지 못하고 결국 낙성검가 가주 단해룡의 귀에도 들어갔고, 진천방이 나서서 대승방 총관과 네 명의 당주를 살해한 흉수들을 색출, 잡아들이라는 명령이 내려졌었다.

그날 이후 진천방과 대승방이 사건 해결을 위해서 발 벗고 나섰다.

그들이 제일 먼저 사건 현장인 선화루를 조사한 것은 두말할 나위도 없는 일.

그러나 진천방 등은 선화루에서 아무것도 건지지 못했다.

선화루주를 비롯한 기녀들은 처음부터 아무것도 못 봤다면서 모르쇠로 일관했다.

기녀들과 악공, 무희들이 비명을 지르며 방에서 뛰쳐나오기에 달려가 보니까 이미 대승방 총관과 네 명의 당주가 죽어 있었으며, 그곳에 흉수는 없었다는 것이다.

몇 번을 캐물어도 대답은 똑같았다. 그렇다고 선화루 사람들이 일부러 거짓말을 할 리는 없었다.

그래서 진천방은 누군가 절정고수들이 선화루에 몰래 잠

입하여 대승방 총관과 네 당주를 죽였을 것이라는 결론을 내렸지만, 그 이유는 짐작조차 할 수가 없었다.

그리고 그날 이후 지금까지 진천방과 대승방은 그 사건에 매달려 낙양성 내를 온통 쑤시고 다니면서 실오라기만 한 단서라도 찾아내려고 부심했었다.

그러나 그들은 지난 이십여 일 동안 소득이라고 말하기에도 낯부끄러운 너무도 작은 단서 하나만 달랑 찾아내는 것에 그쳤을 뿐이었다.

사건이 일어났던 날 저녁에 흑룡보 고수들 삼십여 명이 선화루 입구에 떼 지어 모여 있는 것을 목격한 사람이 나타났다는 사실이었다.

그러나 단지 그것뿐이었다. 그 단서로 인해서 흑룡보가 용의선상에 오르긴 했지만, 그들이 무엇을 어떻게 했는지 전혀 모르는 상황에서 무작정 흑룡보로 쳐들어가서 닦달을 할 수는 없는 노릇이었다.

그러다가 지금 우연히 대로상에서 흑룡보 여룡단을 만났기에 한 번 찔러봐서 뭐라도 건지면 요행이라는 것이 비웅당주의 속셈이었다.

그런데 정말 뜻밖이었다. 은근슬쩍 찔렀더니 곧바로 반응이 온 것이다.

사건이 있던 날 밤에 흑룡보 고수들이 선화루에 간 적이 있다고 시인을 한 것이다.

"그들이 누군지 아는가?"

설마 이것까지 대답하겠는가 싶은 마음이 들기도 했지만, 비응당주는 내친 김에 그렇게 물었다.

"알고 있소."

그런데 어찌 된 일인지 오장보는 그것마저도 순순히 대답을 하고 있었다.

비응당주는 자신도 모르게 바짝 긴장했다.

"누구지?"

"알고 싶으면 따라오시오."

이어서 오장보를 비롯한 여룡단원들은 가타부타 말도 없이 진천방과 대승방 고수들 사이를 유유히 뚫고 질서정연하게 지나가 버렸다.

비응당주로서는 추호도 망설일 이유가 없었다.

그곳에 있던 행인들이나 대로 양편 점포의 사람들은 방금 전에 거리에서 벌어진 일을 보고는, '충돌하기 싫어서 서둘러 자리를 떠나는 흑룡보 사람들을 진천방과 대승방 고수들이 뒤쫓아갔다'는 정도로만 기억하고 있었다.

낙양 성문에서 십여 리 떨어진 낙수 상류의 강변에 흑룡보 여룡단원 삼십삼 명과 진천방, 대승방 고수 칠십여 명이 두

패로 나뉘어 마주 서 있었다.

강변 근처에 사람이라고는 그들 백여 명뿐이었다.

진천방과 대승방 고수들은 느긋한 모습이었고, 여룡단원들은 설무검 형제들과 등발을 제외하고는 모두 불안이 역력한 표정이었다.

"이제 보니 우리를 이곳으로 유인한 것인가?"

그 정도를 알아차리지 못할 비응당주가 아니었다. 그는 상대가 어떻게 나오는지 두고 보자는 듯한 표정으로 가볍게 턱을 치켜들며 물었다.

앞쪽에 서 있던 오장보가 말없이 고개만 가볍게 끄덕였다.

"호오… 이유가 뭐냐?"

"딱히 이유랄 것도 없소. 우리는……."

"막내야, 시간낭비 하지 말고 비켜라."

오장보가 대답하려고 할 때 성질 급한 단랑이 그의 어깨를 밀치면서 앞으로 나섰다.

"누님, 제가 막내인데요?"

그러자 이번에는 설영이 단랑 곁으로 다가서며 빙그레 미소를 지었다.

"아……! 그, 그래?"

단랑은 설영의 얼굴을 보는 순간 얼굴이 확 붉어지면서 말을 더듬었다.

그때 어슬렁거리면서 염탕과 오장보가 설영과 단랑의 좌우에 나란히 섰다.

단랑이 눈을 부라리며 염탕과 오장보를 꾸짖었다.

"너희는 왜 나서는 것이냐? 이놈들은 나하고 영 랑 둘만으로도 충분하다!"

"영…… 랑?"

'앗! 실수!'

설영과 염탕, 오장보는 동시에 놀라면서 단랑을 쳐다보았다.

말실수로 다급해진 단랑은 얼굴이 새빨개져서 전전긍긍하다가 돌연 벼락같이 검을 뽑으면서 진천방과 대승방 고수들을 덮쳐 가며 날카롭게 외쳤다.

"이놈들! 모두 목을 늘어뜨려라!"

그 순간 설영과 염탕, 오장보도 뒤질세라 앞 다투어 검을 뽑으며 덮쳐 갔다.

비응당주를 비롯한 진천방, 대승방 고수들은 설마 흑룡보 일개 단원, 그것도 고작 네 명이 선공을 해오리라고는 꿈에도 예상하지 못하고 있다가 적잖이 놀라 급급히 반격할 태세를 갖추었다.

그러나 그들보다 더 놀란 것은 오히려 등발을 비롯한 여룡 단원들이었다.

그렇지 않아도 가뜩이나 긴장하고 있던 그들은 단랑, 염탕, 오장보 세 명의 조장과 오늘 처음 본 앳되고도 아름다운 용모의 소년까지 달랑 네 명만으로 칠십여 명의 진천방, 대승방 고수들을 공격해 가는 광경을 보고는 입에 거품을 물 정도로 대경실색하고 말았다.

당황한 등발은 급히 설무검을 쳐다보다가 어이없는 표정을 짓고 말았다.

설무검은 나지막한 돌 위에 느긋하게 걸터앉아 싸움 같은 것에는 아예 관심이 없는 듯 저 멀리 흘러가는 강물에 시선을 주고 있었던 것이다.

"으악!"

"크아악!"

그때 애간장을 끊는 듯한 처절한 비명성이 고요한 강변을 떨어 울렸다.

등발이 놀라서 급히 쳐다보자 설영, 단랑, 염탕, 오장보 네 명이 진천방, 대승방 고수들 한복판으로 치고 들어가면서 검을 휘두르고 있었고, 그들이 스쳐 지나는 곳에 한꺼번에 칠팔 명이 피를 뿌리면서 거꾸러지고 있었다.

특히 설영이 막 스쳐 지난 곳에서 비응당주가 두 손으로 목을 움켜잡은 채 고통스러운 표정으로 상체를 뒤틀면서 몸부림치고 있는데, 손가락 사이로 새빨간 피가 분수처럼 뿜어지고 있는 모습이 보였다.

가히 파죽지세(破竹之勢)였다.

피에 굶주린 늑대 네 마리가 양 떼 속으로 뛰어들어 닥치는 대로 물어 죽이는 광경이었다.

설영과 단랑, 염탕, 오장보는 제일 먼저 진천방의 비응당주와 대승방의 당주급들부터 죽였다. 원래 독사의 대가리를 자르면 몸통은 맥을 못 추는 법이다.

진천방, 비응당 고수들은 모두 쟁쟁한 일류고수들이다. 대승방의 오십여 명은 그보다는 못하지만 이류와 일류 사이의 고수들이다.

그런데도 그들 칠십여 명이 설영 등 네 명에게 변변히 반격조차 하지 못한 채 지리멸렬하고 있는 것이다.

설영을 비롯한 네 명은 적들이 미처 무기를 뽑기도 전에 이미 십오륙 명을 주살했다.

그리고 그들이 비로소 무기를 뽑아 반격하려고 할 때 다시 십여 명을 더 죽였다.

"이놈들! 대가를 배신한 네놈들을 내 손으로 죽이게 되는 날만 손꼽아서 기다렸었다! 죽어라!"

"푸핫핫! 죽거든 영혼이 돼서라도 진천방주에게 알려라! 우리가 곧 목숨을 받으러 가겠다고 말이다!"

설무검을 배신한 중천사세를 짓밟아주는 날만 고대하고

있던 단랑과 염탕은 염마왕처럼 펄펄 날뛰면서 검을 휘둘러 닥치는 대로 주살했다.

평소의 오장보는 과묵하고 평정심을 잃지 않는 성격이지만, 이 순간만은 달랐다.

두 눈에 핏발이 곤두서 자신의 검으로 한 명이라도 더 죽이려고 악착을 떨었다.

지금 상대하고 있는 적들이 설무검을 배신하고, 또 그를 그토록 비참하게 만들었던 무리들이라는 생각 때문에 오장보 역시 이성을 잃었다.

단랑과 염탕, 오장보의 검에서 최상승의 검법인 초일검류가 쏟아져 나가자 아무도 그들을 막거나 피하지 못했다.

세 사람의 삼룡검, 사룡검, 육룡검은 적들의 무기를 수수깡처럼 자르고 적들의 머리와 목과 몸통을 젓가락처럼 쪼개고 잘라댔다.

등발과 여룡단원들은 혼비백산 넋을 잃은 채 그 광경을 쳐다보고 있었다.

그들은 새 단주인 설무검이 처음 부임해 온 날, 세 명의 조장인 단랑, 염탕, 오장보와 무기를 놓고 권각술로만 한바탕 싸워서 대패한 적이 있었다.

여룡단원들은 지금 세 명의 조장이 적을 상대로 싸우는 광경을 보면서 그 당시에 세 조장이 많이 사정을 봐주었다는 사실을 깨달았다.

등발과 여룡단원들의 시선을 사로잡고 있는 사람은 누가 뭐래도 단연 설영이었다.

그의 실력은 발군이었다. 몸을 한 번 움직일 때마다, 그리고 팔룡검을 한 차례 떨칠 때마다 자색의 눈부신 고리 모양의 검기가 하나씩 발출되어 적들의 미간 한가운데에 꽂혔다.

그가 뿜어내는 고리가 적의 미간에 꽂힐 때에는 길쭉해져서 끝이 칼날처럼 뾰족해지는데, 미간에 적중되자마자 뒤통수로 튀어나오면서 피분수를 뿜어냈다.

사실 설영은 지금 같은 실전을 이용하여 환조신검을 연습하고 있는 중이었다.

구결을 이해하는 뛰어난 오성(悟性)도 중요하고, 천부적인 자질도 중요하지만, 그보다 끊임없는 수련과 실전이 더 중요하다고 믿는 그였다.

지금 그는 어제 설무검이 보여주었던 몇 가지 중에서 하나의 고리 안에 들어 있는 다섯 개의 고리를 어떻게 해서든 한 개 만이라도 분리시켜 보려고 애를 쓰고 있었다.

그런데 그것이 쉽지가 않았다. 자신이 할 수 있는 여러 가능성들을 죄다 시험해 봤는데도 다섯 개의 작은 원으로 이루어진 고리는 분리되지 않았다.

'도대체 왜 안 되는 것이지?'

설영은 번쩍 자색 고리를 뿜어내 적 한 명의 미간을 꿰뚫으면서 착잡한 심정이 되었다.

적들은 이제 절반도 채 남지 않은 상태였다. 단랑과 염탕, 오장보는 누가 많이 죽이는지 내기라도 하는 듯 한 치의 양보도 없이 적들을 주살하고 있었다. 초일검류 앞에서의 적들은 너무도 무기력했다.

문득 설무검은 강에서 시선을 거두어 아수라장이 돼버린 격전장 속에서 설영을 찾아냈다.

그는 설영이 고리를 분리하려고 노력한다는 것을 한눈에 간파했다.

하지만 그저 묵묵히 지켜보기만 했다. 스스로 깨닫기를 바라는 것이고, 설영이라면 능히 그럴 수 있을 것이라고 믿기 때문이었다.

문득 설무검은 두 명의 적이 설영의 배후 좌우에서 그를 공격하는 것을 발견했다.

그런데 설영은 이리저리 적을 주살하면서도 무언가 깊은 생각에 잠겨 있는 모습이었다.

그래서 두 자루의 도검이 지척까지 이르러 자신의 머리와 목을 향해 쏜살같이 베어오고 있다는 사실을 전혀 모르고 있는 것 같았다.

그 순간 설무검은 자신도 모르게 앉아 있던 돌에서 벌떡 일어섰다.

쩌껑! 껑!

"우왁!"

"크액!"

그러나 설무검의 염려는 기우였다. 설영은 돌아보지도 않은 채 뒤로 팔룡검을 휘둘러 배후에서 공격하던 적 두 명의 도검을 그대로 부러뜨리면서 그들의 몸통을 쪼갰다.

'저 녀석……'

설무검은 일어선 채 뒷짐을 지고 설영을 바라보면서 흐뭇한 미소를 지었다.

그는 그저 아우를 바라보고만 있어도 기분이 좋았다. 나이 터울이 많은 어린 아우다. 부모들이 자식을 눈에 넣어도 아프지 않다고들 말하더니, 그것이 지금 그가 느끼고 있는 이런 마음인 듯했다.

그때 설영을 바라보던 설무검의 눈이 약간 커졌다.

설영의 팔룡검에서 막 발출되고 있는 하나의 자색 고리가 쏘아나가면서 두 개로 분리되는 것을 발견한 것이다.

그러나 실패였다. 분리된 또 하나의 고리가 쏘아가다가 퍽! 소멸돼 버린 것이다.

하지만 설무검은 설영이 결국은 성공할 수 있을 것이라고 생각했다. 다섯 개의 고리를 처음에 분리해 내는 것이 어려울

뿐이지, 그 원리를 깨우치고 나면 오래지 않아서 성공시킬 수 있기 때문이다.

'그렇군! 바로 그거였어!'

방금 고리에서 하나를 분리하다가 실패한 설영은 미소를 지으면서 내심 탄성을 터뜨렸다. 지금 이 실전에서 십여 가지가 넘는 방법들을 두루 응용하던 중에 마침내 실마리를 찾아낸 것이었다.

'인불(引拂)이다!'

끌어당기고(引), 떨쳐내는(拂) 것이 해답이라고 판단했다.

최초에 다섯 개의 작은 원을 만들어 네 개를 하나의 원 안에 집어넣어 다섯 겹짜리 하나의 고리를 만들 때부터 나중에 분리시킬 것을 계산해야 한다는 것이다.

다시 말해서, 무조건 네 개의 작은 원을 하나의 원 안으로 밀어 넣어 고리만 만들면 되는 것이 아니라, 그 원들을 만들 때 각각을 공력의 끈으로 묶어서 끌어당겨 다섯 겹짜리 하나의 고리로 만들었다가, 분리시킬 때 끈을 푸는 것과 동시에 떨쳐 내는 원리였던 것이다.

비유웃!

설영의 팔룡검에서 뿜어진 자색 고리 하나가 한 명의 적을 향해 번갯불처럼 쏘아가다가 갑자기 두 개로 분리되어 그 옆에 있던 적에게도 쏘아갔다.

퍽!

한 번의 음향과 함께 적 두 명이 뒤통수에서 피분수를 뿜으며 공중으로 둥실 떠올랐다가 땅에 내동댕이쳐졌다.

'됐다!'

설영은 속으로 쾌재를 부르면서 재차 환조신검을 전개했다.

그 광경을 보고 있던 설무검은 적잖이 놀라더니 곧 흐뭇한 미소를 머금었다.

'저 녀석. 며칠은 걸릴 줄 알았더니 한 번 실패한 후에 금세 깨달았군.'

비유우!

설영의 팔룡검에서 뿜어진 하나의 고리가 이번에는 세 개로 분리되었다.

그다음은 네 개, 그리고 마지막에는 다섯 개였다. 환조신검을 한 번 전개할 때마다 고리가 하나씩 더 늘었다.

그리고 그가 한 번 검을 떨칠 때마다 적게는 두세 명, 많이는 네다섯 명이 퍽퍽 거꾸러졌다.

고리 다섯 개를 모두 분리하여 쏘아내도 아직 숙달되지 않은 상태라서 목표에 정확하게 맞추는 것이 서툴렀다.

그렇지만 그마저도 환조신검을 대여섯 차례 전개하는 동안 빠르게 고쳐지고 있었다.

몇 차례 팔룡검을 떨치고 나더니 이제는 명중률이 칠 할 이 상이나 됐다.

단랑은 적 한 명의 목을 베고 빙글 몸을 돌려 뒤에서 덮쳐 드는 적의 심장을 향해 검을 찔러갔다. 군더더기 하나 없는 깔끔한 솜씨였다.

퍽!

그런데 그녀의 검이 적의 심장을 막 찌르려는 순간, 눈앞에 있던 적이 느닷없이 옆쪽 허공으로 붕 튕겨져 날아가는 것이 아닌가.

"뭐야, 이거?"

그녀가 어리둥절해서 두리번거리자 그런 일은 여기저기에 서 벌어지고 있었다.

염탕도 오장보도 상대하던 적이 머리에서 피분수를 푹! 뿜 으면서 순식간에 눈앞에서 사라져 버리자 어이없는 표정으로 두리번거리고 있었다.

단랑과 염탕, 오장보의 시선은 설영에게 집중되어 있었 다.

설영은 굳이 적들에게 덮쳐 가지도 않은 채 혼자서 허공에 대고 팔룡검을 이리저리 휘두르다가 떨치면, 다섯 개의 고리 들이 직선 혹은 완만한 곡선을 그으며 쏘아져 나가 적들의 머 리통을 박살 내고 있었다.

단랑과 염탕, 오장보는 놀라기도 하고 어이없기도 한 표정으로 우두커니 서서 설영을 쳐다볼 뿐 더 이상 싸우려고 들지 않았다.

싸움이 시작된 지 채 반 다경도 지나지 않았는데 이제 남아 있는 적들은 십여 명뿐이었다.

더구나 그들조차도 극도로 겁에 질려서 우왕좌왕하다가 한순간 강 하류를 향해서 도주하기 시작했다.

순간 단랑과 염탕, 오장보가 일제히 신형을 날려 참새를 쫓는 매처럼 추격해 갔다.

비유움!

그때 세 사람의 머리 위에서 기이한 음향이 터지는가 싶더니 다섯 개의 자색 빛이 나는 고리가 도망치는 적들을 향해 빨랫줄처럼 쏘아져 갔다.

세 사람이 가볍게 놀라 고개를 들 때, 그들의 머리 위에서 비행하던 설영은 다시 한 차례 팔룡검을 떨치고 있었다.

바우웃!

그것으로 강변에서의 일방적인 도륙은 끝이 났다.

삼사 장 밖에서 죽어라고 도주하던 적들은 한결같이 뒤통수에 고리를 적중당해 미간으로 피분수를 뿜으며 둥실 떠올랐다가 강변 자갈밭에 패대기쳐졌다.

설영은 우아하게 공중제비를 한 차례 돈 후 세 사람 옆에 가볍게 내려섰다.

세 사람은 놀라움과 감탄을 감추지 못하는 얼굴로 설영을 쳐다보았다.

사실 그들은 설영이 고강할 것이라고 추측은 하고 있었지만, 그래 봐야 자신들보다는 약할 것이라 생각하고 있었다.

그런데 그것이 여지없이 깨진 것이다. 그들이 보기에 설영은 형제들 중에서 제일 센 현조운이나 양궁표보다 고강한 것 같았다. 그렇다면 설무검 다음인 것이다.

그렇지만 세 사람은 질투나 시기심 같은 것을 추호도 느끼지 않았다. 오히려 뿌듯하고 자랑스러웠다.

그중에서도 가장 으쓱거리는 사람은 단랑이었다.

'호호호! 저 아름다운 소년이 바로 내 낭군이란 말씀이야!'

설영과 단랑, 염탕, 오장보가 설무검 앞으로 다가와 일제히 고개를 숙여 예를 취했다.

"가자."

설무검이 몸을 돌리고 설영과 단랑 등이 뒤를 따르는 데에도 등발과 여룡단원들은 우두커니 선 채 움직일 생각을 하지 않았다. 넋이 달아나 버린 것이었다.

"등발! 자고 있느냐?"

걸어가던 염탕이 뒤돌아보면서 외치자 그제야 등발은 번쩍 정신을 차렸다.

"정신 차려라! 이놈들아!"

등발은 자신도 제정신이 완전히 돌아오지 않은 상태에서 허겁지겁 여룡단원들의 뺨을 때리고 엉덩이를 걷어차면서 소리 질렀다.

"조장님! 시체들을 저대로 놔둬도 괜찮겠습니까?"

수하들을 독려해서 다시 설무검을 호위하는 대열을 맞추어 그리 빠르지 않은 속도로 달리고 있는 중에 등발이 오장보 곁에 다가와 물었다.

"괜찮다."

오장보의 태연한 대답에 등발은 적이 놀랐다.

"낙양성 내에서 저놈들이 우릴 뒤쫓아 오는 것을 많은 사람들이 봤을 텐데요? 그러니 저놈들 시체가 발견되면 제일 먼저 우리가 의심받을 것입니다."

"그럴 때는 네가 여룡단주다."

"네? 뭐라굽쇼?"

등발은 말은 제대로 알아들었지만 내용을 이해하지 못했다.

알아듣지 못한다고 해서 벌컥 화를 낼 오장보가 아니다. 그는 빙그레 미소 지었다.

“너와 네 수하들이 저런 짓을 할 수 있었겠느냐?”

“…….”

등발은 용감무쌍한 성격이지만 머리는 좋지 않아서 여전히 오장보의 말을 이해하지 못했다.

“진천방과 대승방에서 이 일 때문에 흑룡보에 찾아온다고 해도, 너와 네 수하들이 저들을 죽였다고 생각하지는 않을 것이라는 말이다.”

“아…….”

등발은 그제야 알아듣고 환한 표정을 지었다.

“그럼 저희는 아무도 죽이지 않았다고 무조건 잡아떼기만 하면 되는 것이군요?”

“너희들. 누굴 죽였느냐?”

“아… 아뇨?”

“죽이지도 않았는데 무엇을 잡아떼?”

“그… 렇군요.”

진천방과 대승방은 오래지 않아서 낙수 강변에서 칠십여 구의 시체들을 발견해 낼 것이다.

그리고 이리저리 탐문한 후에 흑룡보를 의심하고 찾아오겠지만, 아무런 수확도 건지지 못한 채 돌아갈 것이다.

흑룡보의 하위 조직인 일개 단 삼십삼 명이 진천방의 비웅당주를 비롯한 이십여 고수와 대승방 일개 당 오십여 명을 깡

그리 도륙했다고는 믿지 않을 테니까 말이다.

설혹 흑룡보 여룡단이 흉수라는 증거가 나오더라도 대놓고 떠들어대지는 못할 것이다.

진천방과 대숭방이 합동으로 망신살이 뻗치는 꼴인데, 그것을 알면서도 누워서 침을 뱉을 리가 없다.

다만 암중에서 흑룡보를 조사하고 또 감시하려고 할 것이다.

그래서 나중에 여룡단의 새로운 단주와 조장들의 존재를 밝혀낼 수도 있을 것이다.

그러나 그때는 이미 설무검의 복수가 한창 무르익고 있을 시기일 것이다.

"그런데… 저 소년은 대체 누굽니까?"

등발이 앞서 걷고 있는 설영을 가리키면서 오장보에게 조심스럽게 물었다.

그는 설영 같은 대단한 고수를 생전 처음 보았다. 그러니 그의 신분이 궁금하지 않을 수가 없었다.

오장보는 엷은 미소를 머금었다.

"너는 혹시 옥룡살귀라는 별호를 들어본 적이 있느냐?"

"옥… 룡살귀."

순간, 얼마 전에 낙양성 일대를 파다하게 진동시켰던 소문 하나가 등발의 뒷골을 때렸다.

천하에서 가장 아름다운 용모를 지녀서 옥룡(玉龍)이고, 일단 초식을 펼치면 반드시 상대를 죽인다고 해서 살귀(殺鬼). 그래서 옥룡살귀이다.

그때 설영이 힐끗 오장보와 등발을 돌아보았다.
"헉!"
등발은 자신도 모르게 심장이 오그라들어 숨을 들이켰다.
설영이 부드러운 미소를 지었다. 그 모습은 천하절색의 미녀보다 더 아름다웠다.
그러나 등발은 온몸이 사시나무처럼 떨리는 것을 어쩌지 못했다.
"으으으……."

쩔렁!
조심스럽게 지란루 안에까지 따라 들어온 등발은 오장보가 던져 준 묵직한 주머니 하나를 엉겁결에 받아 들었다.
주머니 안에는 은자가 수북이 들어 있었다. 족히 백 냥은 될 듯했다.
은자를 확인한 등발은 적잖이 놀라는 얼굴로 오장보를 처다보았다.

"이게… 뭡니까?"

"어디 적당한 곳에 가서 수하들과 술이라도 한잔해라."

그렇다고 해도 은자 대여섯 냥이면 될 텐데 백 냥은 지나치게 많았다.

등발이 돈이 너무 많다고 말하려는데 오장보는 이미 돌아서고 있었다.

아니, 오장보는 돌아서서 걸음을 막 옮기다가 멈추었다. 설무검과 설영이 걸음을 멈추었기 때문이었다.

그들은 계단 위에서 나는 듯이 달려 내려오고 있는 은자랑을 쳐다보고 있었다.

은자랑은 계단을 내려오는 내내 시선을 설영의 얼굴에서 떼지 않았다. 그녀의 얼굴에는 반가움과 격동이 파도처럼 물결치고 있었다.

"영아!"

계단을 다 내려온 은자랑은 설무검은 쳐다보지도 않은 채 설영에게 다가들어 그를 와락 안았다.

아니, 설영이 은자랑보다 키도 체구도 많이 컸기 때문에 그녀가 설영의 품에 안겨 버린 격이 돼버렸다.

설영은 어정쩡하게 서서 어색한 웃음을 지었다.

"가… 각주."

설영이 은리 덕분에 은자랑하고 친해지기는 했지만, 그녀는 어디까지나 상전인 신봉각주이고 설영은 아직 검풍루의 일개 살수의 신분인 것이다.

은자랑은 두 팔로 설영의 등을 안은 채 얼굴을 들어 그를 바라보았다.

"너는… 아직도 나를 그렇게 부르는 게냐?"

설영은 움찔 가볍게 놀랐다. 은자랑의 두 눈에 찰랑찰랑 고여 있는 눈물을 발견했기 때문이었다.

"저는……."

은자랑은 옆에 서 있는 설무검을 원망 어린 얼굴로 바라보았다.

"대가, 보고만 계실 거예요?"

그렇지만 설무검은 빙그레 미소만 지을 뿐 아무 말도 하지 않았다.

그렇지만 총명한 설영이 그녀의 말을, 그리고 마음을 간파하지 못할 리 없다.

그는 쑥스러운 미소를 지으면서 더듬거렸다.

"누… 누님."

그러자 은자랑의 얼굴이 환하게 밝아졌다. 그리고 두 눈에 고여 있던 눈물이 후드득 뺨을 타고 흘러내렸다.

"영아, 내가 얼마나 걱정했는지 알기나 하니?"

　은자랑은 설영의 가슴에 얼굴을 묻었다. 그리고 가만히 있었다. 하지만 그녀가 울고 있다는 것을 모르는 사람은 없었다. 그녀의 몸이 가늘게 떨리고 있었던 것이다.

　설영은 비로소 은자랑이 자신을 가족처럼 생각하고 있었다는 사실을 깨달았다.

　문득, 설영은 금호방주를 죽이라는 살명을 띠고 검풍루를 출발한 이후 지금까지 겪었던 일들이 주마등처럼 머릿속을 스쳐 갔다.

　그 모든 것들이 한바탕 남가일몽(南柯一夢)처럼 여겨졌다.

　"어서… 어서 올라가자. 리아하고 네 어머니가 기다리고 있단다."

　은자랑은 설영의 품에서 벗어나 환하게 미소 지으면서 그의 손을 잡고 계단으로 이끌었다.

　"랑아, 나는 그냥 돌아가랴?"

　은자랑은 설영을 끌다시피 하여 계단을 올라가면서 설무검을 바라보았다.

　"제가 영아를 붙잡고 있는 한 대가께서 아무 데도 가시지 않을 거예요. 안 그런가요?"

　"하하하! 네 말이 옳다!"

　설무검은 껄껄 웃으며 성큼성큼 계단을 오르기 시작했다.

"삼조장님, 방금 그 절세미인이 대체 누굽니까? 옥룡살귀가 조금 전에 그녀를 각주라고 부르는 것 같던데……."

등발은 막 설무검을 뒤쫓으려는 오장보의 옷자락을 슬쩍 잡아당겼다.

오장보는 약간 어이없는 표정을 지었으나, 등발의 허물없는 행동을 나무라고 싶지는 않았다.

그는 이미 삼층까지 올라간 은자랑을 올려다보면서 빙그레 미소를 머금었다.

"그녀의 별호가 아마 신봉가인(神鳳佳人)인가, 그랬지 아마?"

"시… 시… 신봉가인……."

혼비백산한 등발은 비틀거리면서 뒤로 물러나다가 등이 벽에 부딪쳐서야 멈추었다.

"서… 설마 사령단의 봉황단주인… 그 신봉가인이라는 말씀이십니까……?"

"아마 그럴걸?"

오장보는 게거품을 문 채 벽에 기대어 있는 등발을 남겨둔 채 급히 계단을 달려 올라갔다.

은자랑이 삼층의 어느 방 안으로 설영을 데리고 들어간 직후, 방 안에서 거의 통곡에 가까운 두 여자의 외침과 울음소리가 터져 나왔다.

"으앙! 영 오라버니!"
"아이고! 내 새끼야! 살아서 돌아왔구나!"

스으…….

하나의 흑영이 중천오세의 하나인 설란궁의 옆 담을 추호의 기척도 없이 날아 넘었다.

더 이상 완벽할 수 없는 절정에 도달한 신풍연의 경공술을 구사하고 있는 인물.

설무검이었다.

설란궁의 궁주는 과거 설무검의 연인으로 수많은 여인들의 부러움과 질투를 한 몸에 받았던 설란후 정지약이다.

그렇지만 칠 년 전, 설무검에게 독배(毒杯)인 백일취수를 마시게 하여 그에게서 모든 것을 송두리째 빼앗았던 배신과 악덕의 여자이기도 하다.

과거에 설무검은 그녀 정지약을 자신의 혈육인 설영보다도 더 사랑했지만, 지금은 거리의 비루먹은 개 한 마리보다도 추악하게 여기고 있다.

설무검은 자신을 배신한 자들에 대한 원한을 모두 합친 것보다 더 그녀를 증오한다.

그는 설란후를 복수의 가장 마지막으로 정해놓았다. 배신자들이 한 명씩 죽임을 당하는 것을 지켜보는 과정에서 더할 수 없는 공포와 참회를 느끼라는 안배였다.

오늘 설무검이 설란궁에 잠입한 이유는 설란후 때문이 아니라 얼마 전에 단랑이 보고를 했던 내용 때문이었다.

설란궁 후원의 인공 가산 아래에 있는 지하 연공실에서 누군가 폐관을 하고 있다는 보고였었다.

설무검은 그곳에 누가 있는지, 그리고 무슨 무공을 연마하고 있는지 짐작하고 있었다.

설무검은 설란후 정지약이 자신을 배신할 수밖에 없었던 이유들을 지난 칠 년여 동안 곰곰이 생각해 보았다. 그 결과 하나의 결론을 내렸다. 그 이유밖에는 달리 없었다.

평소에 정지약의 모친은 설무검이 갖고 있던 하나의 물건에 깊은 관심, 아니, 욕심을 품고 있었다.

설무검은 그 사실을 잘 알고 있었다. 예전에 그가 정지약의 모친인 선희빈(宣熙嬪)을 이따금씩 보게 될 때마다, 그녀는 그 물건을 한 번만 보게 해달라고 사정을 하다시피 조르곤 했었다.

스으으…….

설무검은 옆 담을 따라 설란궁의 후원 쪽으로 흔적 없는 밤바람처럼 유유히 쏘아갔다.

과거 중천오세의 위세를 떨치다가 설무검이 권좌에서 내쫓긴 후, 스스로 봉문(封門)을 하여 장장 칠 년여 동안 침묵을 지키고 있는 설란궁이었다.

그래서 중천사세처럼 경비가 철통같지는 않지만, 그래도 비조불입(飛鳥不入)의 험지인 것만은 변함이 없었다.

설란궁 곳곳에 눈처럼 흰 은의를 입고, 허리까지 내려오는 짧은 견폐를 걸친 여검사들이 경호를 서고 있는 모습이 보였지만, 설무검에게는 무인지경이나 다름이 없었다.

이윽고 그는 후원의 인공 가산 근처에 이르렀다. 가산에는 키 작은 꽃나무들이 파릇파릇 새싹을 틔워내고 있었고, 여기저기 근사한 조형물들이 세워져 있었다.

설무검은 서슴없이 가산으로 스머들어 꽃나무들 사이를 바람처럼 내달려 잠시 후 지하 연공실 입구가 한눈에 바라보이는 어느 나무 뒤에서 멈추었다.

연공실은 가산 중턱에 위치해 있었다. 입구는 안으로 일 장 정도 움푹 들어갔으며, 그리 크지 않은 은빛의 철문이 가로막혀 있었다.

입구 양쪽에는 두 명의 은의여검사가 걸치고 있는 견폐를 펄럭이면서 우뚝 서 있는 모습이 보였다.

설무검이 있는 곳에서 연공실 입구까지는 불과 삼 장 남짓한 거리였지만, 은의여검사들은 그의 존재를 추호도 감지하지 못하고 있었다.

설무검은 연공실 입구를 가로막고 있는 은색 철문이 강하

기로 유명하며, 청해의 심처에서만 소량 생산된다는 만년은
회강(萬年銀灰鋼)이라는 것을 한눈에 알아보았다.

철문에는 커다랗고 굵으며 역시 만년은회강으로 만든 쇄
약(鎖鑰:자물쇠)이 매달려 있었다.

만년은회상이 천하의 보검으로도 흠집조차 낼 수 없다고
는 하지만, 설무검이 원래의 공력을 완전히 회복한 상태에
서 무극파천황을 운공하면 쇄약 정도는 부술 수 있을 것이
다.

그러나 설무검은 아직 공력을 완전히 회복한 상태가 아
니며, 더구나 오늘 밤은 단지 염탐을 하러 잠입한 것뿐이었
다.

설무검은 연공실 입구를 주시하며 한동안 움직이지 않았
다. 그의 시선은 철문에 고정되어 있었다.

그는 지금 연공실 안에서 정지약의 모친 선희빈이 한 가지
희대의 무공을 연공하고 있다고 확신했다.

선희빈이 연공하고 있는 것은 결코 세상에 나와서는 안 되
는 무공이었다. 악마의 저주받은 무공.

원래 그 무공의 비급은 설무검이 갖고 있었다. 하지만 그
는 그것을 읽어보기만 했을 뿐, 연마할 생각은 추호도 없었
다.

그런데 정지약이 그것을 모친 선희빈에게 주기 위해서 설

무검을 배신했던 것이다.

어쩌면 정지약은 처음부터 그 비급을 노리고 설무검에게 접근했던 것이 아니었을까? 물론 그녀를 뒤에서 조종한 것은 모친 선희빈이었겠지만.

설무검은 그 비급을 진작 없애지 못한 것을 후회했지만, 지금에 이르러서는 만시지탄(晩時之歎)일 뿐이었다.

그는 연공실의 철문을 주시하면서 선희빈이 연공을 끝내기 전에 기필코 자신의 손으로 죽이겠다고 결심을 굳혔다.

일개 후궁이었다가 전대 명(明) 황제에게 총애를 받아 빈(嬪)의 지위에까지 올랐던 여인.

그녀의 딸 정지약은 전대 황제의 핏줄이다. 그러므로 공주인 셈이다.

하지만 그녀는 황제의 주(朱) 씨 성을 쓸 수가 없었다. 첩의 자식이기 때문이고, 황실의 견제 때문이었다.

이윽고 설무검은 연공실 철문에서 시선을 거두고 돌아섰다.

가산 중턱에서는 설란궁 전체가 한눈에 내려다보였다.

설무검이 정지약을 만나러 설란궁에 올 때마다 무릉도원도 이보다는 아름답지 않을 것이라고 극찬했던, 아름답기 짝이 없는 전경이었다.

춘소일각치천금(春宵一刻値千金).

짧은 봄밤의 일각은 천금의 가치가 있다고 했지만, 이 밤.
설무검의 가슴은 허무와 증오로 가득 차 있었다.

문득 그의 시선이 은빛으로 빛나는 한 채의 삼층 전각에 머
물렀다.

백설루(白雪樓).

그곳은 바로 설란후 정지약의 거처였다.

『독보군림』 9권에 계속…

BOOK Publishing CHUNGEORAM

fly me to the moon
플라이 미 투 더 문

새로운 느낌의 로맨스가 다가온다!

판타지의 대가 이수영 작가의 신작!
드디어 판매 카운트다운!

플라이 미 투 더 문 | 이수영 지음

판타지의 대가, 이수영. 그녀가 선보이는 첫 번째 사랑이야기.
사랑, 질투, 음모, 욕망……
상상한 것 이상의 절애(切愛), 그 잔혹한 사랑이 시작된다.

온전히, 그의 손에 떨어진 꽃. 잡았다.
짐승의 왕은 즐거웠다.

인간, 그리고 인간이 아닌 자.
절대로 이어질 수 없는 두 운명이 만났다!
사랑 혹은 숙명.
너일 수밖에 없는 愛.

1998년 〈귀환병 이야기〉
2000년 〈암흑 제국의 패리어드〉
2002년 〈쿠베린〉
2005년 〈사나운 새벽〉

그리고 2007년, 『FLY ME TO THE MOON』

유행이 아닌 자유추구 –
WWW.chungeoram.com
BOOK Publishing CHUNGEORAM